莎士比亞喜劇
故事精選
錯中錯
如你所願
庸人自擾
威尼斯商人
仲夏夜之夢
改寫◎管家琪

A Midsummer Night's Dream
仲夏夜之夢

1〈仙王與仙后的爭執〉，蘇格蘭畫家佩頓（Joseph Noel Paton, 1821～1901）描繪在仲夏的夜晚，森林中的仙子國度也有著人類般的情感故事。

2 英國畫家阿爾斯頓（Washington Allston, 1779～1843）描繪的〈海米亞與海倫娜〉。

3 布雷克（William Blake, 1757～1827）描繪的〈仙子之舞〉，表現出輕盈、歡愉而夢幻般的氛圍。

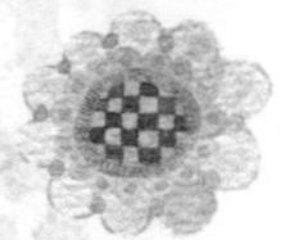

4 仙王奧白朗趁仙后睡著後，悄悄把小仙子柏克採來的「愛之花」的汁液滴在她的眼皮上。蘇格蘭畫家佩頓的作品。

5 英國畫家考柏（Frank Cadogan Cowper, 1877～1958）描繪在林中入眠的仙后蒂丹妮亞。

A Midsummer Night's Dream

仲夏夜之夢

6 經過一番波折，仙王與仙后終於和好如初。佩頓的作品。

7 〈仙后召喚小仙子前來〉。英國畫家瑞瑪（Henry Meynell Rheam, 1859～1920）的作品。

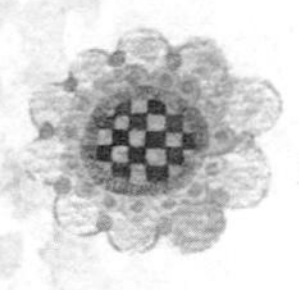

The Merchant of Venice
威尼斯商人

1 荷爾曼（Jozef Horemans, 1682～1759）描繪在法庭上的場景，夏洛克手拿著刀，已準備要照合約行罰。

2 包希雅穿著律師服，手中拿著狀紙，神情自信而愉悅的倚靠陽臺上，彷彿對這場官司已有把握，確定可以贏得一場漂亮的仗。英國畫家伍茲（Henry Woods, 1846～1921）的作品。

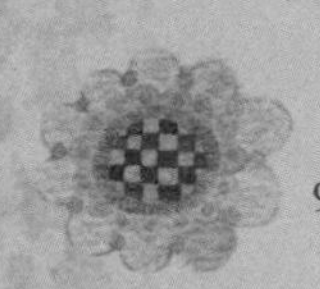

3 許多畫家喜歡以夏洛克的女兒潔西卡為作畫的主題，如這幅是英國著名的浪漫主義風景畫家泰納（Joseph Mallord William Turner, 1775～1851）的作品。

The Merchant of Venice

威尼斯商人

4 猶太畫家哥特列（Maurycy Gottlieb, 1856～1879）描繪的〈夏洛克與女兒潔西卡〉。夏洛克在劇中是個唯利是圖、冷酷無情、放高利貸的猶太人，但他對自己的女兒卻是呵護備至。

5 夏洛克的女兒潔西卡，是個為了愛情而不惜違背父親意願的女子。在蘇格蘭畫家奧察德森（William Quiller Orchardson, 1832～1910）的畫筆下，流露著一股堅毅的性格。

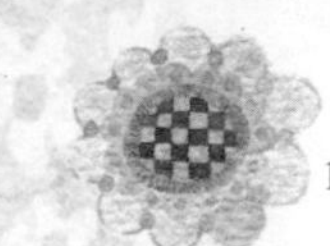

Much Ado About Nothing
庸人自擾

1 英國畫家迪克西（Sir Frank Dicksee, 1853～1928）描繪的碧翠絲，姣好的容貌中帶著一股驕傲的氣質。

2 希羅和烏蘇拉刻意到花園，讓瑪格麗特引碧翠絲來偷聽她們的談話。法國畫家奧利佛（William Oliver, 1804～1853）的作品。

3 希羅和烏蘇拉在花園，故意讓碧翠絲偷聽她們的談話。英國畫家彼特（William Peters, 1742～1814）的作品。

PETERS
3

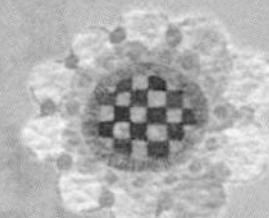

Much Ado About Nothing
庸人自擾

4 英國畫家斯托（Marcus Stone, 1840～1921）描繪在婚禮上，希羅因震驚而暈眩的一幕。

5 希羅的侍女瑪格麗特，也參與唐約翰的陰謀。英國畫家賴特（John William Wright, 1802～1848）的作品。

6 克勞迪歐當眾指控希羅不忠，希羅禁不住打擊，突然昏了過去。英國畫家漢彌爾頓（William Hamilton, 1751～1801）的作品。

7 克勞迪歐在婚禮上要求退婚，希羅過於震驚，當場昏過去。英國畫家海曼（Francis Hayman, 1708～1776）的作品。

8 克勞迪歐心情沉重的答應總督舉行一場「盲目的婚禮」，沒想到竟會換來一場驚喜的結局。英國畫家維特列（Francis Wheatley, 1747～1801）的作品。

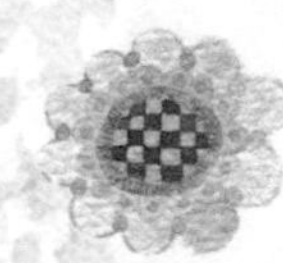

As You Like It
如你所願

1 奧蘭多向宮廷角鬥士挑戰，所有人都不看好，沒想到他竟然贏得勝利。英國畫家海曼的名作。

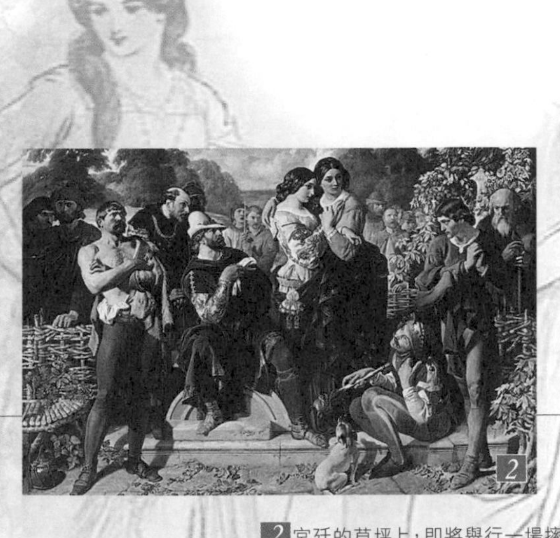

2 宮廷的草坪上，即將舉行一場摔角比賽，兩位公主也前來觀賞。愛爾蘭畫家麥克利斯（Daniel Maclise, 1806～1870）的作品。

3 湯姆森（Hugh Thomson, 1860～1920)是英國知名的插畫家，常以英國小說為作畫題材。這幅〈羅莎琳與希利雅〉畫出生長在宮廷中的這對堂姊妹高雅的氣質與親和的情感。

4 英國畫家麥克白（Robert Walker Macbeth, 1848～1910）描繪女扮男裝的羅莎琳。

As You Like It
如你所願

5 〈人生的七個階段〉，愛爾蘭畫家穆雷迪（William Mulready, 1786～1863）將戲中著名的朗誦詩句，凝練於一幅畫中。

6 英國畫家霍格斯（William Hodges, 1744～1797）描繪一位追隨老公爵隱遁樹林中的大臣，看到溪邊的野鹿時，內心憂鬱又惆悵。

7 奧蘭多在樹林裡遇到男裝打扮的羅莎琳，相談甚歡。英國畫家德佛雷爾（Walter Deverell, 1827～1854）的作品。

The Comedy of Errors
錯中錯

1 《錯中錯》是描述兩對失散的雙胞胎，遭到種種錯認而引發連串的滑稽情節。這是1879年在美國百老匯上演時的廣告。

2 《錯中錯》的故事是從一場海上的狂風暴雨開始。法國畫家弗納特（Claude-Joseph Vernet, 1714～1789）描繪了船隻遇難後，岸邊人們趕來救援的情形。

3 風景畫家阿亨巴赫（Andreas Achenbach, 1815～1910）的作品〈在西西里海岸一場暴風雨後的黃昏〉，讓人連想到《錯中錯》的故事發生地點，以及始於暴風雨、終於黃昏的情節。

4 一場船難造成伊濟安與妻子分隔兩地。這是英國畫家渥特豪斯（John William Waterhouse, 1847～1917）的名作〈暴風雨〉。

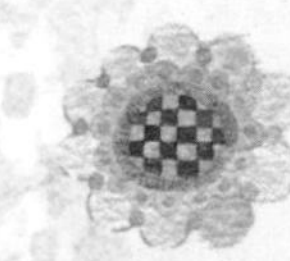

5 《錯中錯》裡的一家人就像受到命運的搬弄，引發曲折離奇的人生經歷。在沃特豪斯的這幅作品〈命運〉，美麗的女子正捧著一杯酒，目送即將遠揚的船隻面對未來不可知的命運。

The Comedy of Errors

錯中錯

6 《錯中錯》是一個發生在近海國家，一天之內的故事。黃昏時，故事也有了一個完美的結局。比奧斯塔（Albert Bierstadt, 1830～1902）的這幅作品呈現了黃昏時的海岸風光。

7 黃昏時刻，將是決定伊濟安老先生命運的時刻。在風景畫家比奧斯塔這幅描繪黃昏的作品中，別有一股祥和之美。

目錄

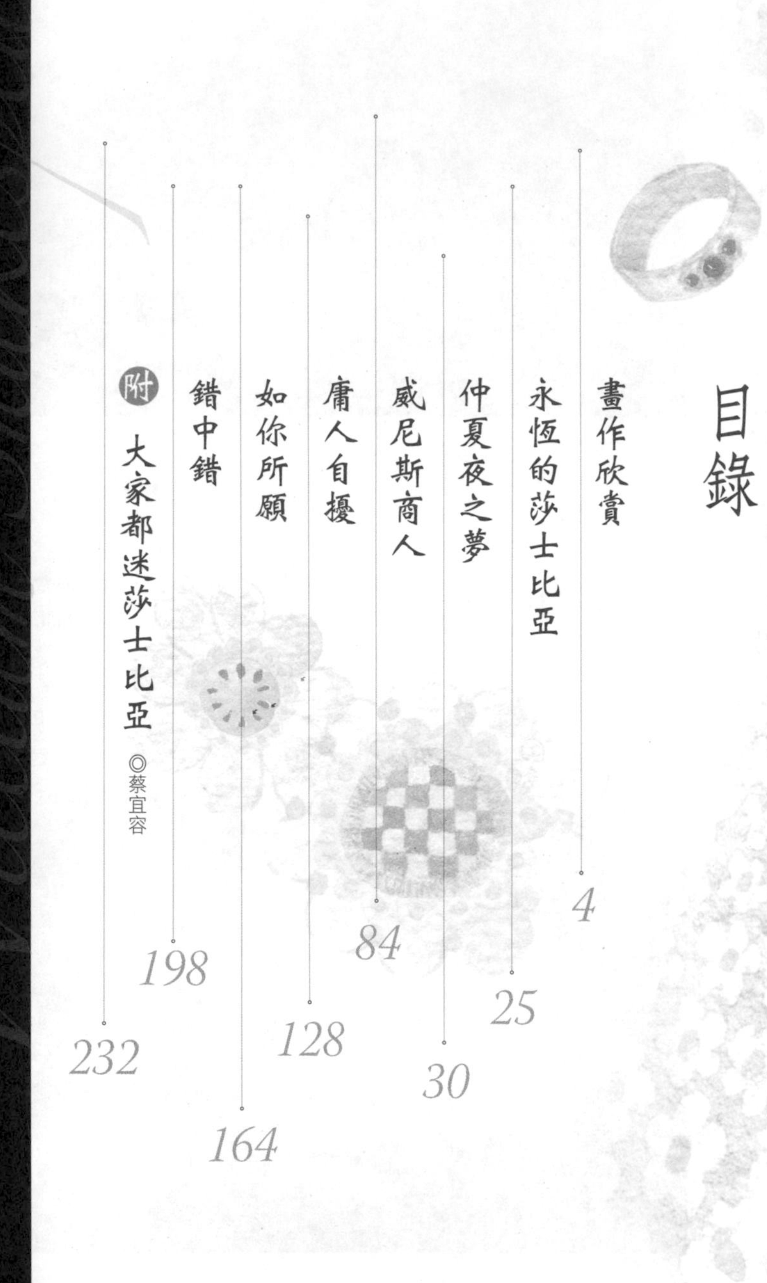

永恆的莎士比亞

謎樣的人物

研究莎士比亞生平的人很多，但是由於莎士比亞是平民出身，沒有受過高等教育，所能找得到的生平資料十分有限，再加上莎士比亞在生前並沒有獲得太多的榮譽，甚至在他過世兩百年後，作品也沒得到普遍的肯定（所謂「莎學」的形成是在十九世紀中葉的事），所以，長久以來一直有人懷疑到底是不是真有這麼一個人，「莎士比亞」會不會只是一個筆名？甚至還有人拚命想找出像《哈姆雷特》、《馬克白》這些偉大劇作的真正作者，例如和莎士比亞處於同一時代的英國著名文學家、哲學家兼思想家培根（1561～1626）就是一個被高度懷疑的對象（「知識就是力量」這句話正是培根的名言），不過這種說法未能得到學術界的廣泛支持。

根據目前學術界普遍認定的資料顯示，威廉．莎士比亞的家鄉是位於艾芬河畔

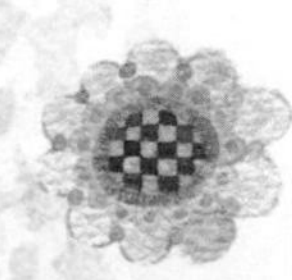

的斯特拉福鎮。他出生於一五六四年，生日應該是四月二十三日。他是約翰．莎士比亞和瑪莉．亞登的長子，他有兩個姊姊、三個弟弟和兩個妹妹。

莎士比亞在十八歲的時候就結婚了，妻子安妮．海瑟威比他年長八歲。一般推測夫妻倆的感情應該不大好，以至於莎士比亞的遺囑確立是由女兒為繼承人，留給他妻子的只是他一張「次好的床」。

莎士比亞應該活了五十二個年頭。他做過演員。他的人緣很好，朋友們都很喜歡他。他很懂得投資，三十多歲就投資房地產，並擁有環球劇院百分之十的股權。在莎士比亞過世七年左右，他生前的好友——也就是演員約翰．海明奇以及亨利．康戴爾，將他的劇作結集出版。

莎士比亞確實是一個曠世天才，他從未接受過良好的教育，也不懂拉丁文，可是他的詩集創作卻能達到極高的境界；他頗具幽默感，對人性的剖析十分深刻，既能創作輕鬆浪漫的喜劇，又能創作深沉嚴謹的悲劇。莎士比亞也是一位語言大師，非常擅於使用各種比喻，筆尖常帶著詩意，這都是他的劇作非常重要的魅力所在。

William Shakespeare

文學地位無人能比

法國大文豪雨果（1802～1885年）說，莎士比亞是集詩人、歷史學家、哲學家三種身分於一體的人；德國哲學家馬克思（1818～1883年）說，莎士比亞是人類最偉大的天才之一；德國大文豪歌德（1749～1832年）和萊辛（1729～1781年）都對莎士比亞非常的欣賞與景仰……在西方文學史、甚至是整個世界文學史上，莎士比亞都有著一種任何人也難以企及的崇高地位。

英國的文藝復興（十五世紀後期至十七世紀初），比義大利大概遲了一百年，約在伊莉莎白一世和詹姆士一世的時代。這個時期主要的思想體系是主張「以人為本」，也稱作是「人文主義」，反對中世紀以來以神為中心的世界觀，提倡積極進取的精神，鼓勵人們要享受現世歡樂的生活。後世公認英國文藝復興時期最傑出的代表性作家正是莎士比亞。

他的全部作品包括兩首長詩，一百五十四首十四行詩以及三十八部（也有學者說是三十九部）劇作。莎士比亞的文學地位首推他的戲劇作品，他的創作力非常豐沛，類型也很多樣，有歷史劇（譬如《亨利六世》、《約翰王》、《亨利八世》）、喜劇（譬如《仲夏夜之夢》、《威尼斯商人》、《愛的徒勞》、《馴悍記》、《庸人自擾》、《錯中錯》等等），還有悲劇（譬如《羅密歐與茱麗葉》、《哈姆雷特》、《馬克白》、《李爾王》、《安東尼與克莉奧佩特拉》、《雅典的泰門》等等）。其中《哈姆雷特》又被稱為問題劇，而《哈姆雷特》、《奧賽羅》、《李爾王》和《馬克白》並稱為「四大悲劇」。在莎士比亞晚期又創作了傳奇劇（譬如《冬天的故事》、《暴風雨》）。莎士比亞不僅是一位多產作家，同時也是一位極少數能在高產的情況之下還能同時兼顧到高品質的作家。

由於莎士比亞的一生大部分是與伊莉莎白一世時期重疊，後期及最高峰的作品則是完成於詹姆士一世，因此，身處如此巨變的時代，莎士比亞在作品中不僅經常流露出動盪不安的氣息，反應了當時社會的變化，說出了許多社會不同階層的心聲，同時也反應出當時社會的許多看法，譬如出自《哈姆雷特》中的臺詞……「弱者，你的名字是女人」，正是反應了當時社會上對女性普遍的看法。

莎士比亞的劇作幾乎都很重視結構，情節豐富，戲劇感強烈。他非常擅長塑造性格鮮明的人物形象，譬如憂鬱王子哈姆雷特、意氣用事的李爾王、因嫉妒而失去理性的奧賽羅、權欲薰心的馬克白……，一個個都是有血有肉，活靈活現，令人難忘。莎士比亞的劇作往往也都有著深刻的意涵，譬如對於秩序的重建、對於理智的探討，認為理智會使人怯懦，唯有激情才能征服理智等等。有學者指出，「智慧」、「榮譽」與「激情」，是莎士比亞劇作永恆的主題。

在莎士比亞的悲劇中，不時會出現一些幽默的言詞；同樣的，在喜劇中也會不時看到一些悲劇的因子。莎士比亞非常擅長討論「矛盾」、處理「矛盾」，或許人生本來就是悲喜交集、充滿矛盾吧；正因如此，莎士比亞的作品才會源遠流長，歷久不衰，不管哪一個時代的人欣賞莎士比亞的作品，都能有所啟發，深受感動。

仲夏夜之夢

提修斯公爵是雅典城的統治者，在他富麗堂皇的宮中，最近處處洋溢著歡樂的氣氛，因為四天以後，就是提修斯公爵大婚的日子。提修斯公爵早已宣布要辦一個最豪華、最盛大的婚禮。

就在大家都忙著籌備婚禮的時候，一位名叫伊吉斯的老人來到宮外求見，說有非常重要的事，請求提修斯公爵為他主持公道。

不久，老人被帶進來了，跟在他身後的還有三個年輕人，分別是老人的女兒海米亞、一位雅典貴族提米德里，和一位雅典青年賴生德。

老人一見到提修斯公爵，便恭恭敬敬的說：「威名遠播的提修斯公爵，祝您幸福！」

「謝謝你。你有什麼事情？」

「我帶著一肚子的氣，來控訴我的孩子，就是我的女兒海米亞……」

原來，伊吉斯希望海米亞嫁給提米德里，這是他千挑萬選才為女兒選定的如意郎君，可是，都怪賴生德又寫詩、又送花之類的無聊禮物給海米亞，用種種詭計偷了海米亞的心，所以海米亞不肯聽從他的安排嫁給提米德里。

「殿下，」伊吉斯氣呼呼的說：「假如海米亞現在當著您的面仍然不肯嫁給提米德里，我就要求採取雅典自古以來賦予每個父親的權利，那就是立即處死她！」

一聽伊吉斯這麼說，大家都嚇了一大跳。雅典確實有這麼一條法律，但是長期以來當女孩不願接受長輩安排的婚事時，做父母的頂多是拿這條法律來嚇唬嚇唬女兒，還不曾有人會真的要求執行。

提修斯公爵看著海米亞問：「怎麼樣，海米亞？妳有什麼話說？我看提米德里是個不錯的紳士呀。」

「賴生德也很好啊。」海米亞說。

「話是沒錯，但是既然妳的父親不贊成他做妳的丈夫，他就不夠好了。」

「我真希望我的父親能和我持同樣的看法。」

「妳還是應該依從妳父親的眼光才對。」

「請殿下寬恕我！我想請問您，要是我拒絕嫁給提米德里，會有什麼厄運降臨到我的頭上？」

「不是受死刑，就是終生幽閉在修道院中，與男人隔絕，猶如一朵美麗的玫瑰，孤獨的自開自謝。」

「那就讓我這樣自開自謝吧。殿下，我不願意把自己奉獻給一個我的心所不服的人。」

不過，提修斯公爵實在不願執行這條古老又不合理的法律，但他也沒法變更，因此就對海米亞說：「妳回去再仔細考慮一下吧。四天以後，等到新月出生，我和我的愛人締結永久婚約的那一天，妳再告訴我妳的決定。」

這時，提米德里走向海米亞和賴生德，對他們說：「趕快悔悟吧，可愛的海米亞！賴生德，放棄吧，不要再妄想跟我擁有的權利抗爭了！」

賴生德瞪著提米德里說：「你已經得到她父親的愛，就讓我保有海米亞的愛吧！哼，你去跟她父親結婚好了！」

伊吉斯聞言大怒道：「多麼無禮啊！賴生德！沒錯，我就是喜歡提米德里，我願意把所有屬於我的都給他！海米亞是我的，我就是要把海米亞給他！」

賴生德轉身對提修斯公爵說：「殿下，我的出身和提米德里一樣好，我和他一樣有錢，我的愛情比他還深，很多人都知道提米德里曾經向奈達家的女兒海倫娜求過愛，可是很快又甩了她，現在海倫娜還像崇拜偶像般的痴戀著這個缺德的負心漢。更重要的是，現在美麗的海米亞愛的是我，為什麼我不能享有我的權利呢？」

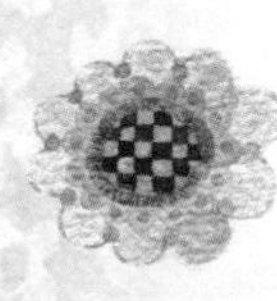

然而，不管賴生德怎麼說，還是不能改變什麼，畢竟，法律就是法律，提修斯公爵只能寬限海米亞四天的時間，讓她再好好的考慮。

離開提修斯公爵那裡以後，海米亞和賴生德這對戀人真是憂心如焚。

「唉，難怪書上那麼多的故事都說，追求真愛的道路永遠是崎嶇多阻的。」賴生德說。

「既然真心相愛的戀人都會受到折磨，那麼就讓我們練習忍耐吧！因為這種折磨，就跟思念、夢幻、嘆息和哭泣一樣，都是愛情不可缺少的一部分……」海米亞說。

兩人怨嘆了一會兒後，賴生德想到他有一個寡居的姑媽，住在距離雅典二十里路以外的地方，那兒不受雅典法律的限制，因此大膽提出私奔的念頭。這麼一來，就可以解決他們倆目前所面臨的困境。海米亞覺得這個提議很棒，立刻高高興興的一口答應了。

兩人約好第二天晚上夜深人靜的時候，在雅典城外的樹林中碰面，那個樹林是他們倆、也是海米亞和好友海倫娜，在五月的時候都很喜歡去散步的地方。

私奔本來是海米亞和賴生德兩人的祕密，但是兩人在商議的時候，海倫娜正好走了過來，看到為愛苦惱的海倫娜一副悶悶不樂的樣子，海米亞忍不住對好友脫口說出：「海倫娜，寬心吧，我們馬上就要逃離這裡了，請妳為我們祈禱吧！我們也會為妳祈禱的，願妳能重新得到提米德里的心！」

海米亞當然希望海倫娜能為他們倆保守祕密，不要洩漏他們計畫私奔的事，但是海倫娜稍後卻想了很多，「正如提米德里那樣錯誤的迷戀著海米亞一樣，我也是一直愛慕著提米德里的才智……一切卑劣的弱點，在戀愛中都已無足輕重，成了美滿和莊嚴……愛情是不用眼睛而用心靈看的，難怪長著翅膀的小愛神丘比特總是被描繪成盲目的，因為愛情的判斷全然沒有理性……」

想著想著，出於一種討好的心態，海倫娜決定去向提米德里通風報信。

海米亞和賴生德相約會面的樹林，是小仙人經常出沒的地方。這裡本來經常洋溢著歡笑，但是最近的氣氛卻很不好，因為仙王奧白朗和仙后蒂丹妮亞吵架了。爭執的原因是為了一個可愛的小孩。

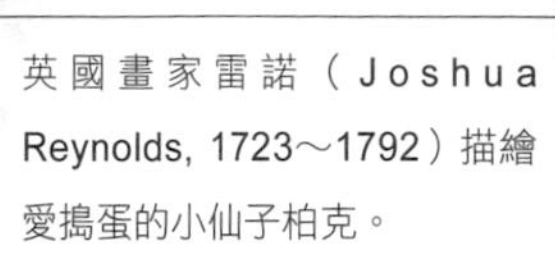

英國畫家雷諾（Joshua Reynolds, 1723～1792）描繪愛搗蛋的小仙子柏克。

傳說，仙子有時會在夜裡將凡間特別可愛的孩子偷走，並用愚蠢的妖童掉包。這個孩子的母親，生前是仙后蒂丹妮亞神壇前的信徒，後來當她因難產而死以後，仙后蒂丹妮亞就把孩子偷來，想要親自撫養。不料仙王奧白朗一看到這個孩子也非常喜歡，一直要求妻子把這個孩子送給他，做他的侍童。仙后不肯，於是兩人就愈吵愈厲害，甚至發展到雙方都避不見面的地步。

不過，就在海米亞和賴生德相約私奔的這天晚上，仙王仙后不巧又碰面了，不久他們又為了那個孩子的事而吵得面紅耳赤。

仙后蒂丹妮亞一臉不高興的對身旁的小仙子們說：

「我看我們還是趕緊走吧！再多逗留一刻，我們又要吵起

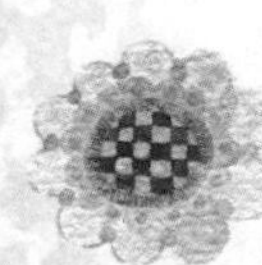

來了！」

說完，她就率著侍從頭也不回的走了。

仙王奧白朗簡直快氣炸了，立刻暗下決心：「好，妳走！為了妳今天晚上的侮辱，在妳離開這座樹林以前，我一定要給妳一點懲罰！」

仙王奧白朗馬上召喚一個叫作柏克的小仙子到跟前。

柏克是一個搗蛋鬼，有關他的搗蛋事蹟真是幾天幾夜也說不完。他曾經故意把走夜路的人引入迷途；還故意把人家的酒給弄壞，讓它沒法發酵；甚至故意變成一把三腳凳，當一個大嬸剛想要坐下來跟眾人大吐苦水的時候，三腳凳卻突然自動溜走，害得大嬸一屁股跌坐在地上，逗得大家笑得眼淚都流出來了。

「柏克，快去幫我辦一件事，」仙王奧白朗吩咐道：「快去幫我找一朵『愛之花』來。」

這種花的汁液具有神奇的魔力，只要把它滴在任何一個熟睡的人的眼皮上，無論男女，當他或她一覺醒來，一睜開眼睛所看見的任何一個生物，都會成為這個人熱烈愛戀的對象。

「我要趁待會兒蒂丹妮亞睡著的時候，把『愛之花』的汁液滴在她的眼皮上，這樣等她一睜開眼睛，不管她看到的是一隻獅子，或是一隻猴子還是一頭熊，她都會一眼就愛上牠的。到時候我就告訴她，我可以用另外一種草藥去掉這種無法抗拒的魔力，但是她得先把那個孩子給我才行。」

「哈哈，太妙啦！我馬上就把『愛之花』給您找來！」柏克覺得這個點子實在是太有趣了。

仙王等著柏克回來的時候，看到一個青年滿臉焦急的走進樹林，後面跟著一個看起來垂頭喪氣、可憐巴巴的姑娘。這是提米德里和海倫娜。提米德里想要阻止海米亞和賴生德私奔，海倫娜則是一直緊緊跟著提米德里，還不斷的向提米德里苦苦哀求。

「奇怪，這麼晚了，他們來這裡幹什麼？」仙王奧白朗覺得很好奇，忍不住想聽聽看他們在說些什麼。

「別一直跟著我，我不愛妳！妳聽不懂啊？」提米德里不耐的大叫，並且著急的東張西望：「海米亞在哪裡？我非要把賴生德那個臭小子給宰了不可！」

海倫娜則充滿哀怨的說：「是你吸引我跟著你的，你這個硬心腸的磁石……」

「不要一直纏著我！我一看見妳就頭痛！」

「可是我看不到你就心痛……」

他們一前一後，慢慢的走遠了。聽到那個青年對女孩說了那麼多殘忍無情的話，仙王奧白朗很同情女孩。於是，望著兩人的背影，奧白朗自言自語道：「別難過，女孩，我保證不等這個傢伙走出森林，一切就會徹底倒過來，他將熱烈追求妳，熱烈到讓妳恐怕會吃不消他的熱情而想逃避他呢。」

就在這時，柏克回來了。

「你已經把『愛之花』採回來了嗎？」

「是啊，您看，就在這裡！」

於是，奧白朗告訴柏克，森林裡有一個可愛的少女，正在熱戀一個男孩，但是那個男孩對她很壞，一點也不珍惜少女的深情。奧白朗吩咐柏克把『愛之花』的一部分拿去，只要看到那個青年睡著了，而那個少女又在他附近，就趕快把『愛之花』的汁液滴在他熟睡的眼皮上，這樣等他醒來後，就會全心全意的瘋狂愛上這個可憐的女孩。

「那個年輕人穿著一身雅典人的裝束，」奧白朗叮嚀道：「你要小心辨認，不要弄錯了。」

柏克拍拍胸脯保證：「放心吧，主人，我一定會把這件事辦得讓你稱心如意的。」

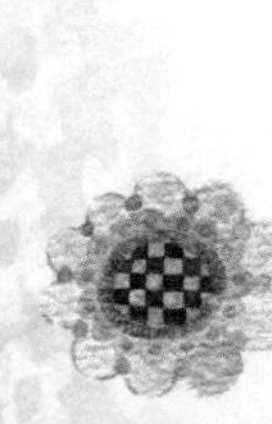

在仙后蒂丹妮亞精緻的宮中，仙后正準備睡覺。她吩咐身邊的小仙子：「待會兒別忘了要做好你們該做的事，有的去把麝香玫瑰嫩嫩花苞中的蛀蟲除掉；有的去和蝙蝠作戰，剝下牠們的大翅膀來為我的小妖們做外衣；還要有人去監視那些討厭的貓頭鷹，別讓牠們亂叫吵我睡覺。不過，在你們散開之前，還是先一起唱個催眠歌給我聽吧，我想休息一下。」

於是，小仙子們便圍繞在仙后的身旁，用動聽的嗓音開始唱歌：

多嘴的花蛇，多刺的蝟，
別打擾她安睡；
蠑螈和蜥蜴也快快走開，

不要靠近，
別破壞她的寧靜。
夜鶯，請妳用美妙的歌聲，
為我們唱一首催眠曲吧！
睡吧，睡吧，快睡吧！
睡吧，睡吧，快睡吧！
一切壞東西都趕快遠離，
不要靠近我們的仙后，
晚安，快睡吧……

不久，仙后蒂丹妮亞就甜甜的睡著了，小仙子也都各自散開去忙自己的事。仙王奧白朗趁這個時候，悄悄走近妻子，把「愛之花」的汁液滴了幾滴在妻子的眼皮上。

等妳眼睛一睜開，
妳就看見妳的愛，
從此為他擔起相思債；
山貓、豹子、大狗熊，
或是渾身毛呼呼的大野豬，
等妳醒來一看見，
芳心一片只為他。

做了這樣的惡作劇，仙王奧白朗真有說不出的得意。他高高興興的走開，等著待會兒就要來幸災樂禍，看看蒂丹妮亞會對什麼東西、什麼動物一見鍾情。

現在，我們再來看看那對為愛私奔的情侶——海米亞和賴生德。

這天夜裡，他們倆在樹林裡一碰頭，就一直趕路。可是，由於夜色昏暗，走著走著賴生德竟然迷失了方向。眼看海米亞已經走得那麼累，賴生德提議不如先在腳下這片柔軟的草地上睡一下，等到天快亮的時候再繼續趕路。

他們倆剛剛睡著，手持「愛之花」汁液的搗蛋鬼柏克就來了。

「真是的，我已經把整個森林差不多都走遍啦，哪裡有什麼穿著雅典裝束的薄情郎的影子？……咦……」

就在這時，柏克看到了熟睡的賴生德，以及在他附近的海米亞。

「一身雅典的服飾，嗯，沒錯，主人所說的那個可惡的傢伙一定就是他！」柏克自言自語。

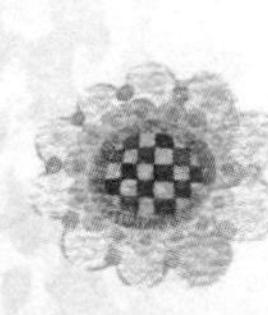

再看看海米亞，「啊，美麗的姑娘，可憐的姑娘，瞧她一臉憂慮……」

（因為迷路了呀。）

「她甚至不敢靠近這無情的傢伙，而非要跟他保持一段距離……」

（這是因為海米亞覺得他們倆畢竟還沒有成親，不應該睡得那麼近。）

「好，就讓我們來試試『愛之花』的力量！」說著，柏克就把「愛之花」的汁液滴了好幾滴在賴生德的眼皮上，然後就一蹦一跳的回去向仙王奧白朗覆命了。

如果稍後賴生德醒來的時候，一睜眼就看到海米亞，也不會有什麼問題，反正他對海米亞的愛本來就已經濃烈得無以復加啦，偏偏方才被提米德里硬生生趕走的海倫娜卻在這個時候剛巧經過。一開始，海倫娜還沒注意到海米亞就躺在不遠處，她一看到賴生德躺在這兒，嚇了一跳，心想：「怎麼回事？賴生德怎麼會躺在這裡？他沒事吧？還活著吧？」

海倫娜一著急，就趕緊上前想推醒賴生德，「賴生德，醒醒！你醒醒呀！你還好吧？」

賴生德被推醒了，一睜開眼睛，他看到的是海倫娜，這下可糟了，由於「愛之花」汁液的魔力，賴生德立刻瘋狂的愛上了海倫娜。

「哦，海倫娜，我的女神，我願意為妳赴湯蹈火！提米德里呢？那個傢伙在哪裡？我一定要殺了他！」

「快別這麼說，賴生德，就算他愛你的海米亞又有什麼關係，你幹麼要殺他？而且……你這是什麼意思？你的眼神、還有你說的話，怎麼都那麼奇怪？海米亞愛的是你，光憑這一點，你就應該心滿意足了！」

「心滿意足？哼！」賴生德不屑的說：「我真後悔居然跟海米亞在一起浪費了那

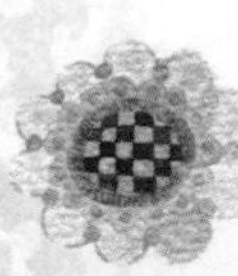

麼多寶貴的時光！親愛的海倫娜，我到現在才明白，我根本一點也不愛海米亞，我愛的是妳！人的意志都是被理性所支配的，理性告訴我，妳比她更值得愛。以前我太幼稚了，現在我成熟了，是理性指揮著我的意志，把我引到了妳的面前，誰不願意拿一隻可厭的烏鴉來換一隻可愛的白鴿呢？」

海米亞的皮膚比較黝黑，賴生德向來讚美海米亞是「黑美人」，說她黑得俏、黑得動人，現在一聽賴生德居然把海米亞比喻成一隻烏鴉，海倫娜起初是驚訝得不得了，以為自己一定是聽錯了，但是接著又聽到賴生德對自己說了那麼多的情話，海倫娜就愈來愈生氣，因為她相信賴生德一定是在跟她開玩笑。

「啊，我得不到提米德里一絲愛憐的眼光，這還不夠嗎？為什麼你還要這樣殘忍的來挖苦我？賴生德，我還一直以為你是個有教養的人呢！」海倫娜又羞又氣，轉過身就低著頭快步走開。

賴生德還死皮賴臉的跟上去，仍然不斷的拚命向海倫娜表明心跡，想要讓海倫娜相信自己真的是很愛很愛她！

他們就這樣一前一後，逐漸的走遠了。

至於海米亞，則還是睡在那兒，被賴生德徹底的忘了。

不久，海米亞做了一個惡夢，夢到彷彿有一條蛇在嚼食著她的心，她大聲哭喊，向賴生德求救，賴生德卻只是坐在一旁，一動也不動，甚至還面帶微笑的看著那條蛇肆虐。

「賴生德，賴生德！」海米亞醒了，但是東看西看都看不到賴生德，她又驚慌又傷心，「啊，走了？不會吧，這怎麼可能呢？賴生德竟然會把我一個人丟在這裡？我不相信！一定是發生了什麼事，我要趕快去找他！」

在樹林的深處，仙王奧白朗一邊看看月色，一邊暗忖道：「時候差不多了吧，不知道蒂丹妮亞醒來沒有？我真是迫不及待想知道她到底會愛上什麼……」

就在這個時候，搗蛋鬼柏克來了。

「報告主人，仙后愛上一個怪物了！」

「啊，真的？什麼怪物？」

原來，就在仙后蒂丹妮亞熟睡的時候，有一群民間藝人三三兩兩的走來，幾天後他們將在提修斯公爵的婚禮上演出，為了做好準備工作，特地到森

仙后被「愛之花」的汁液滴到眼上，便愛上了驢頭波頓。菲斯利（Johann Heinrich Füssli, 1741～1825）的版畫作品。

林裡來排戲。

「太好了，這個地方真是太好了，」其中一個演員說：「瞧，這塊草地簡直就像是一個天然的戲臺，我們還可以把那一叢山楂樹後面當作後臺。今天晚上我們好好的排練一下吧，就當作是在公爵的面前正式演出一樣。」

其實，那塊草地就在仙后蒂丹妮亞的臥榻旁邊，只不過這群凡夫俗子沒有注意到而已。當這群民間藝人正七嘴八舌的討論開場詩的時候，搗蛋鬼柏克來了。

「嘿，是誰敢在仙后這裡聒噪？……哦，是一群演戲的！這倒有趣！我也來『幫幫忙』吧！」

柏克看到附近有一個驢頭，又看到有一個演員正在「後臺」等著登場，馬上就想到了一個要作弄這群民間藝人的點子。他把驢頭悄悄套在那個演員的腦袋上，大小居然非常合適，就好像這個驢頭本來就是長在這個傢伙的脖子上似的；這個演員名叫波頓。

不用說，過了一會兒，當波頓一登場，他的伙伴全都嚇壞啦。

「天哪！這是什麼？怪物！有怪物！」

「什麼呀，是咱啊，你們怎麼啦？都睡糊塗了嗎？」波頓莫名其妙。

同伴們都嚇得發抖，「你……你是誰？」

「什麼？當然是波頓啊，這還用說！」

「你……你怎麼可能是波頓！」說完，同伴們就紛紛驚慌失措的四處奔逃。

「喂，別跑啊！真的是咱啊！」波頓急急忙忙的說：「要不咱趕快來唱一段，你們就會知道是咱了！」

鶺鴒，麻雀，百齡鳥，
還有杜鵑愛罵人，
大家聽了心兒惱，可是誰也不回聲……

當波頓正這麼唱著的時候，仙后蒂丹妮亞被吵醒了，她不耐煩的伸伸懶腰，埋怨道：「討厭，是誰在這裡雞貓子亂叫，吵死了，難聽死了，還不趕快給我住嘴……喲……」

仙后罵到一半，一睜開眼睛，看到套著一個古怪驢頭的波

英國畫家蘭德瑟（Sir Edwin Henry Landseer, 1802～1873）描繪了仙后對驢頭波頓著迷的模樣。

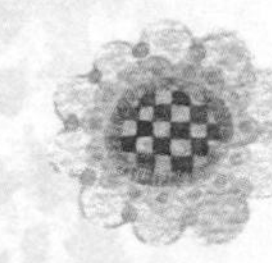

頓，竟不由自主的眼睛一亮，無法克制的立刻改用作夢般的語調，柔情似水的對他說：「啊，溫柔的凡人，你的歌聲實在是太動聽了！請你繼續唱下去吧！」

「對不起，咱好像把妳給吵醒了？」

「不不不，沒有沒有！我的耳朵沉醉在你的歌聲之中，我的眼睛又被你的容貌所迷惑……啊，不要笑我，我實在是忍不住想要告訴你……」仙后蒂丹妮亞無比嬌羞的對波頓說：「儘管我知道我們今天是第一次見面，但是，請你相信我，我實在是不能不說——我愛你！真的很愛很愛你！」

「哎呀，夫人，這可真是太沒有道理了吧！不過，話說回來，在現今世界上理性可是難得能和愛情碰頭的。」

「你真是又聰明又美麗……」仙后蒂丹妮亞望著波頓，痴痴的說。

「不見得，不見得。要是咱能夠有本事走出這座樹林，那咱就心滿意足啦，看來咱的伙伴都已經丟下我不管了，我大概得靠自己了……」

「不！請不要走！請不要離開這裡！你一定要留在這裡！」仙后急急的說：「我是一個精靈，而且我不是一個普通的精靈，夏天永遠都會聽從我的命令。我真的好愛你，我會讓小仙子伺候你，當你在花叢間酣睡的時候，他們會唱歌給你聽，還會經常從海底撈起珍寶來獻給你，我現在就把他們叫來，讓他們幫你把凡人身上的汙垢統統洗掉，讓你的身體就像我們精靈一樣的輕盈。」

於是，仙后喚來四個小仙子，分別是豆花、蛛網、飛蛾和芥子。

四個小仙子齊聲問道：「主人，請問您有什麼吩咐？」

「你們都要恭恭敬敬的好好伺候這位先生，以後不管他走到哪裡，你們都要在他的身旁，隨時任他使喚。趕快給他吃杏子、鵝莓、桑椹和紫葡萄。一切最好的東西，我從此都要跟他分享！來，你們現在趕快向他鞠一個躬，表示你們的忠誠。」

「嘿，這倒不錯。」波頓對於能受到如此的禮遇顯然相當滿意，接著還大模大樣的和四個小仙子攀談起來啦。

「好蛛網先生，很希望能跟您交個朋友。要是哪天咱的指頭又不小心割破的時候，咱會請您來幫忙。」

（據說在傷口纏上蜘蛛絲能夠止血。）

「好豆花先生，」波頓繼續說：「請代咱向您的令堂豆莢奶奶以及令尊豆殼先生致意。」

「好芥子先生，咱知道您是一個飽歷艱辛的人，那塊恃強凌弱的大牛排曾經把您家裡的好多人都吞掉了，不過，不瞞您說，您的親戚也曾經把咱辣出了眼淚。很高興能跟您交個朋友，好芥子先生……」

這一切，搗蛋鬼柏克都看得一清二楚。於是，柏克就把當時的情況詳詳細細的轉述給仙王奧白朗聽。

「這傢伙的同伴一看到他的腦袋變成一個驢頭，就像大雁突然看到躡手躡腳接近的獵人，或者像一大群灰鴨聽見了槍聲，猛然的亂叫亂飛，然後四散著橫掃天際，各自逃命。那群傻瓜本來就很糊塗，一旦受到驚嚇，便嚇得完全喪失了神智，連沒有知覺的東西也來欺負他們了。所以，荊棘刺破了他們的衣服，有的在逃跑的過程中搞丟了帽子。我趁他們驚慌失措的時候，把他們領出樹林，把那個套著驢頭的傢伙單獨留下，剛好仙后醒來了，一睜開眼睛，馬上就愛上這頭驢子。」

聽了柏克的轉述，仙王奧白朗大笑不已，「哈哈，這實在是太好笑了！這比我原先預期的情況還要好笑！」

就在仙王笑得肚子都痛了的時候，他想起那個可憐的雅典女孩，於是關心的問道：「對了，你有沒有按照我的吩咐，在那個薄情的雅典青年的眼皮上也滴上幾滴『愛之花』的汁液，讓他一醒來就愛上他身旁的姑娘？」

仙王奧白朗的話音剛落，就看到提米德里和海米亞一前一後的走了過來。海米亞走在前面，提米德里則亦步亦趨的跟在後面；海米亞的臉色很難看，好像正在數落著提米德里些什麼。

「嘿，那個薄情郎來了。」仙王奧白朗說。

柏克先看看提米德里，再看看海米亞，「不對吧？這個女孩沒錯，可是這個男的不是，剛才躺在這個女孩附近的男的不是他呀！」

「什麼？那你剛才沒把『愛之花』的汁液滴在他的眼皮上？」

「我是滴在一個青年的眼皮上，而且那個青年也是一身雅典的服飾，就睡在這個女孩附近，可是我不知道他現在到哪裡去了？」

「你到底把花液滴到誰的眼皮上了？」

「主人啊，我怎麼會知道呢？反正是一個雅典青年。」

「哎，真是的！好吧，讓我們先來聽聽看他們在說些什麼……」

只見提米德里可憐兮兮的對海米亞說：「唉，為什麼你要這樣一直罵著深愛你的人呢？這些惡毒的話應該是加在仇敵身上的啊！」

「你就是我的仇敵，我相信你是可詛咒的。老實告訴我，你是不是趁著賴生德熟睡的時候把他給殺了？否則他怎麼會丟下我一個人不管，悄悄的走了呢？如果你把賴生德殺了，索性就把我也殺了吧！」海米亞充滿憤恨的瞪著提米德里，咬牙切齒的說：「對，一定是你把賴生德給殺了，看你的臉色這麼慘白而可怖，只有殺人的壞蛋，臉色才會這麼可怕！」

提米德里哀怨的說：「這是因為妳對我的殘酷，刺穿了我的心，所以我才會有這樣的臉色。被殺的人，臉色都是這樣的……可是妳啊，妳這殺人的，為什麼看上去還是那麼的耀眼，就像是天上閃耀的星星一樣！」

海米亞生氣的說：「你說這些跟我的賴生德有什麼關係？賴生德到底在哪裡？」

「我不知道。」

但是，海米亞不相信。她愈想愈害怕，「啊，提米德里，快把賴生德還給我吧！」

看到海米亞那麼擔心賴生德，提米德里的心裡真不是滋味。

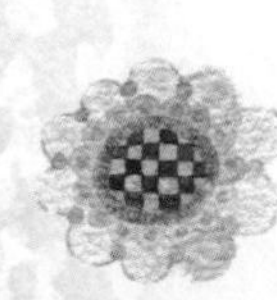

「哼，我寧願把他的屍體拿來餵我的獵犬！」提米德里脫口而出。

海米亞一聽，簡直快暈倒了。「什麼？你真的把他給殺了？啊！你這個壞蛋！你真的太壞、太可恨了！任何一條毒蛇都比不上你，就算毒蛇的毒液再毒，也比不上你的心更毒！」

看到海米亞氣得渾身發抖，提米德里不敢再胡說八道，趕緊正色道：「嗳，慢點慢點，別發那麼大的火，妳對我發這樣的脾氣真是好沒有道理，我可以發誓，我絕對沒有殺死賴生德，我甚至在想，他恐怕還活得好好的，根本就沒有死。」

「那麼請你告訴我，他是平安的！」

「要是我真的這麼說了，我能得到什麼好處呢？」

「你可以得到永遠不再看見我的權利！無論賴生德是死是活，我都不要再看到你！」

說完，海米亞就氣呼呼的扭頭走開，獨自去尋找賴生德。

方才，她就是在尋找愛人的時候，碰到了提米德里，結果提米德里就一直死纏著她不放。

看到海米亞怒氣沖天的走開，提米德里不敢再跟上去。

「在她這樣盛怒之下，我看我還是暫時不要跟著她吧，免得她莫名其妙的把我當成了出氣筒。」提米德里盤算著：「嗯，不如我在這兒暫時停留一會兒，休息一下吧。」

自從一得到消息，知道海米亞要和那個討厭鬼賴生德私奔以後，提米德里就急急忙忙的跑到這座樹林裡，想要阻止海米亞。樹林好大，他走了又走、找了又找，才總算找到了孤零零的海米亞。提米德里很高興，馬上迎上前去，對海米亞表示關心，哪曉得海米亞竟然有那麼荒謬的念頭，以為他把賴生德殺了，任憑他怎麼解釋，好像都難以消除海米亞的疑慮。此刻，提米德里感到又委屈又疲倦，乾脆就地一躺，很快便進入了夢鄉。

「哎，柏克啊，瞧瞧你都幹了些什麼好事！」仙王奧白朗不滿的對柏克說：「你完全弄錯了！這下可糟了，本來忠實的人將會因為你的錯誤而變心，而本來傷心的人則還是會跟以前一樣的柔腸寸斷。」

「本來忠實的人」指的是賴生德，「本來傷心的人」則指的是苦戀提米德里的海倫娜；一開始，仙王奧白朗想要幫的就是海倫娜啊。

柏克聳聳肩，「我看啊，一切都是受命運的主宰。其實，這也沒

〈柏克與小仙子〉，這是雕刻家利札斯（W. M. Lizars）依據皮克斯特（R. Dadd Pinxt）的圖，於1873年完成的版畫作品。

什麼大不了的，畢竟，世間能夠長期對愛人保持忠心的人本來就是少之又少，而那些輕易立下誓約但又很快毀掉的人，卻有成千上萬。」

「不管怎麼說，這次的錯誤都是你造成的，你一定要設法補救！」仙王奧白朗堅持，並且重新下令道：「快！快去找那個名叫海倫娜的雅典女孩吧！要比風還快！她都是為了愛情而憔悴的，痴心的嘆息已經耗去了她臉上的血色，使她面容蒼白，你負責去把海倫娜引到我這裡來。這一次我要親自把『愛之花』的汁液滴在這個傢伙的眼皮上，這麼一來，等他待會兒醒來看到海倫娜的時候，就會瘋狂的愛上她。海倫娜才是他應該珍愛的姑娘。」

「好的，我這就去！」柏克說：「我保證我的速度連韃靼人的飛箭都趕不上！」

果然，柏克很快就把海倫娜引來了。不過，她不是一個人過來的，因為，賴生德還跟在她的後面，苦苦哀求海倫娜相信他的一片真心呢。

「為什麼妳會以為我向妳表明心跡是在嘲笑妳呢？我真的不懂！如果我真的是在

戲謔妳、嘲笑妳，我怎麼還會流下真情的眼淚呢？無論是戲謔或嘲笑，都永遠不可能伴隨著眼淚而來啊！親愛的海倫娜，請妳相信我吧，我對妳的誓言，句句都是出自真心！」

「可是，這些誓言都該向海米亞去說的才對……不，實際上你根本早就向海米亞說過了，教我怎麼可能相信你呢？」

「求求妳，別提海米亞了吧！過去當我向她起誓的時候，我實在是一點見識也沒有！」

「啊，你怎麼能這麼說呢？」善良的海倫娜不以為然的說：「那你現在把她給丟棄了，就是有見識的了？可憐的海米亞，以後她該怎麼辦呢？」

「妳不用替海米亞擔心，妳別忘了，提米德里愛她，但是提米德里不愛妳……」

就在這時，提米德里醒了，一看到海倫娜，愣了一下，馬上激動的嚷嚷道：

「啊！親愛的海倫娜！完美的女神！聖潔的仙子！讓我吻一下妳潔白的玉手吧，這是幸福的象徵啊！」

「天啊！這究竟是怎麼回事？」海倫娜非常不滿，「為什麼你們要聯合起來侮辱我、尋我開心呢？你們明明都愛著海米亞，為什麼現在要一起來嘲笑我呢？我還一直認為你們是高尚的人呢，可是你們現在所表現出來的絕對不是一種大丈夫的行為！」

賴生德一聽，馬上生氣的指責情敵，「喂，你太殘忍了，提米德里，我們都知道你愛著海米亞，現在我全心全意的把我在海米亞心目中的地位讓給你，那麼你也該把海倫娜讓給我了，因為我愛她，我會愛她到死！」

「哼，賴生德，保留你的海米亞吧，我不要，」提米德里也很氣，「就算我曾經愛過海米亞，那份愛現在也已經消失了；我的愛只不過像一個過客一樣曾經駐留在海米亞的身上，但是現在已經回到它永遠的家，那就是海倫娜的身邊，而且永遠不再離開！」

「海倫娜，別聽他的，他說的都是假話！」賴生德對海倫娜說。

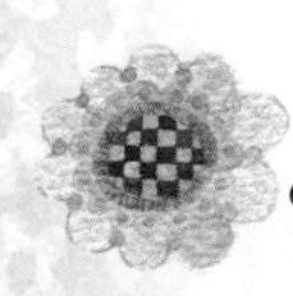

「什麼？你才是大騙子！」提米德里生氣的說：「瞧，你的愛人來了，那才是你的愛人！你別再糾纏我的愛人！」

賴生德轉頭一看，果然是海米亞過來了。

海米亞看著賴生德，非常迷惑，「啊，我終於找到你了！賴生德，為什麼你會那麼忍心的不告而別，把我一個人丟在那裡呢？」

「不為什麼，」賴生德冷冷的說：「當愛情驅趕一個人走的時候，為什麼他還要滯留呢？」

「什麼？你說什麼？我不懂……」

賴生德痴痴的望著海倫娜，用夢囈般的聲音說：「就是愛情讓我一刻也不能停留！美麗的海倫娜，她照耀著夜空，使一切明亮的繁星都黯然失色……」

說到這裡，隨即他又大聲的對海米亞不耐道：「為什麼妳還要來找我呢？難道妳不知道我就是因為厭惡妳才離開的嗎？」

「什麼？」海米亞不禁顫抖著身子，「為什麼你要這麼說？這不是真的，這不是真的！」

「哦，我明白了，」海倫娜說：「原來是你們三個串通好，一起用這種惡毒的把戲來欺負我！你們實在是太壞了！尤其是妳，海米亞，妳這個沒有良心的ㄚ頭！……」

接著，海倫娜就像連珠砲似的拚命數落海米亞，質問海米亞怎麼可以就這麼不顧她倆之間的情誼，和這兩個男人一起來嘲弄她……

「我並沒有嘲弄妳，」海米亞說：「依我看，倒像是妳在嘲弄我！」

可是，海倫娜不信，繼續指責海米亞，「就算我不像妳那樣有人愛憐，就算我不像妳那樣被人追求不捨，就算我不像妳那麼幸運，能夠得到我所愛的人的那份愛，可是這和妳又有什麼關係呢？身為好友，妳應該同情我，而不應該侮辱我！」

海米亞無辜的說：「我實在是聽不懂妳到底在說些什麼！」

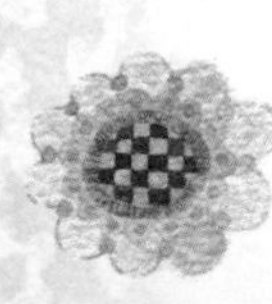

「好，妳就繼續裝腔作勢下去好了！我敢說，儘管妳現在看起來一副愁眉苦臉的樣子，可是等我一轉過身，妳就會衝著我的背影做鬼臉了！哼，你們繼續玩這無聊的遊戲好了，我要走了！」

「不要走！海倫娜！」賴生德忘情的叫道：「請妳聽我解釋！我的愛！我的生命！我的靈魂！美麗的海倫娜！」

現在就連海米亞都聽不下去了，她正色對賴生德說：「親愛的，別再說了，別再那樣嘲笑她了！」

不料，賴生德瞪了海米亞一眼，充滿嫌惡的說：「去去去！誰是妳親愛的！」

海米亞張大了嘴巴，震驚得說不出話來。

這時，提米德里對賴生德說：「要是你昔日愛人對你的懇求都不能使你閉嘴，那麼我只好強迫你閉嘴！」

「哼，她不能懇求我，你也不能強迫我！你的威脅，和她軟弱的祈求一樣都是毫無力量！」賴生德說罷，轉頭又對海倫娜情話綿綿起來，「海倫娜，我愛妳！我以我的生命起誓，我愛妳！如果有誰說我不愛妳，我願意用我的生命來證明他說謊！為了妳，為了得到妳的愛，我情願把自己的生命都拋棄！」

「胡說！」提米德里大吼，「明明是我愛她比你愛她要多得多！」

「不！是我多！」賴生德不服氣。

「我多！」提米德里簡直快要氣炸了。

賴生德也氣得要命，拔出劍來，大聲的說：「既然如此，那我們就用行動來解決吧！」

海米亞在一旁急得都快哭了。她走向賴生德，試圖想要拉住他，讓他清醒，「親愛的，這到底是怎麼回事啊？」

「去去去！走開！黑丫頭！」賴生德凶巴巴的對海米亞吼道：「快放手！要不然我就要像攆走一條蛇一樣的把妳攆走了！」

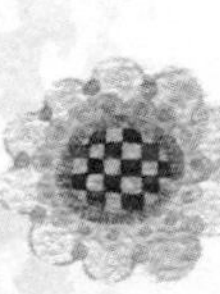

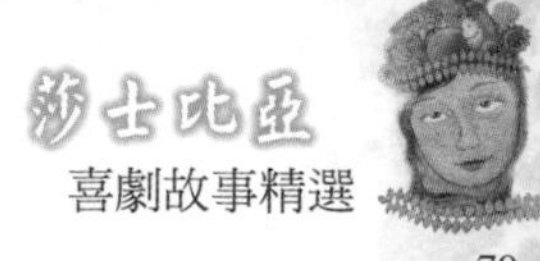

「為什麼你會突然變得這麼無情、這麼凶暴？親愛的，究竟是為了什麼？」海米亞可憐兮兮的看著賴生德，覺得他看起來好陌生。

「誰是妳親愛的！」賴生德說：「走開！可厭的傢伙，快給我滾！」

「天啊，你還在開玩笑嗎？」海米亞睜大了眼睛，仍然不敢相信。

海倫娜插嘴道：「他當然是在開玩笑，就像妳也是在開玩笑一樣，你們究竟要鬧到什麼時候啊！」

提米德里則向賴生德挑釁道：「那麼，你剛才說要跟我比畫比畫不會也是在開玩笑吧，你不會是想要乘機溜走吧！我看你的話大概不會算數，因為人家的柔情正在牽繫著你呢！」

「什麼？難道你非要我傷害她、甚至殺死她嗎？」賴生德說：「我雖然討厭她，但還不至於這麼殘忍。」

海米亞一聽，心都要碎了。「啊！還有什麼事情會比你討厭我還要更殘忍呢？天啊！這到底是怎麼回事？難道我不是海米亞了嗎？難道你不是賴生德了嗎？就在這一夜，你還曾經愛過我；可是，也在這一夜，你離開了我……天哪！你真的是存心離開我、存心把我一個人丟在那裡的嗎？」

「一點也不錯，」賴生德冷冷的說：「我是存心離開妳，而且再也不想看到妳，妳可以徹底斷了念頭，因為我愛海倫娜，千真萬確，一點也不開玩笑！」

「啊，妳這個壞蛋！妳這個愛情的賊！」海米亞轉身立即遷怒海倫娜，「妳是不是趁著黑夜，悄悄把我愛人的心給偷走了？」

「妳在說什麼啊！難道妳一點也不曉得難為情嗎？……」

就這樣，四個年輕人吵成一團，賴生德和提米德里還氣呼呼的嚷著要找一個地方去決鬥。

在他們漸漸走遠的時候，仙王奧白朗對搗蛋鬼柏克說：「你看，都是因為你粗心大意，把事情搞得一團糟……或者，你一開始就是故意在搗蛋？」

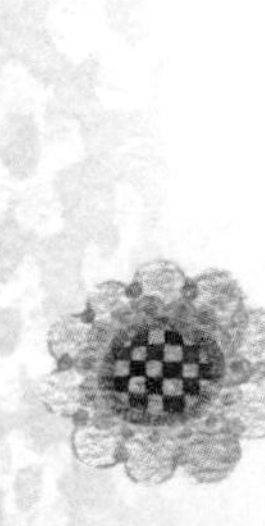

「當然不是，」柏克喊冤，「相信我，仙王，這一次真的是我搞錯了，誰教他們兩個都穿著雅典的衣服啊，但是，說真的，我覺得看他們這樣吵來吵去還怪好玩的！」

不過，仙王奧白朗還是命令柏克要趕快設法補救，「你趕快用一場就像冥河的水一樣黑的濃霧蓋住星空，讓他們在濃霧中失去方向。有的時候你不妨學著賴生德的聲音咒罵提米德里，有的時候再學著提米德里的聲音咒罵賴生德，總之，讓他們在濃霧中跑來跑去，互相追逐，可是怎麼都沒有辦法抓到對方。等到他們都累得倒在地上呼呼大睡的時候，你就趕快拿出解藥塗在賴生德的眼皮上，這個解藥能除掉一切的錯誤，使賴生德恢復從前對海米亞的愛意。這樣等他們醒來以後，想到方才發生的一切，就會覺得只不過是一場夢，或者只不過是一個空虛的幻象罷了。」

「好的，主人，請放心，這次我一定會辦好！」說完，柏克就急急忙忙的飛走了。

仙王奧白朗差遣了搗蛋鬼柏克之後，就想去看看仙后蒂丹妮亞和她的新寵。當仙王悄悄接近仙后漂亮精緻的寢宮，就聽到仙后柔情蜜意的對戴著驢頭的波頓說：

「來，坐在這張花床上，我要愛撫你可愛的臉頰，我要把麝香玫瑰插在你柔軟光滑的腦袋上，我還要吻你美麗的大耳朵，我溫柔的寶貝！」

受到仙后如此的寵愛，波頓也擺出很了不起的樣子問道：「豆花呢？」

「有。」豆花小仙子從隨侍在側的眾多小仙子中飛了出來。

「替咱搔搔腦袋，」波頓交代道，「對了，蛛網在哪裡？」

「在這裡。」蛛網小仙子也飛了出來，「請問主人有什麼吩咐？」

「請你幫咱把蜜囊兒給拿來，不過，小心一點，要是你在蜜囊裡淹死了，那咱可會很過意不去……芥子呢？芥子在哪裡？」

「我在這裡。」芥子小仙子也趕快飛了出來，客客氣氣的問道：「我能為您做點什麼呢？」

「你也幫著豆花一起替咱搔搔癢吧，奇怪，咱怎麼覺得臉上好像有很多毛，實在是癢得很。」

這時，仙后溫柔的問道：「在他們幫你搔癢的時候，你想不想聽一點音樂？親愛的？」

「好啊，來一點音樂吧，咱很懂音樂的。」

「想不想吃點東西呢？」仙后又體貼的問道。

「好啊……奇怪，我突然很想吃上那麼一捆乾草，我覺得那一定是人間美味！」

「沒問題，我現在就派人去幫你找最新鮮、最可口的乾草。」

「順便再來一兩把乾豌豆好了。」

「沒問題，沒問題！我最最親愛的，你想要吃什麼，我都馬上派人去替你弄

仙后抱著驢頭波頓，輕柔的唱著情歌。菲斯利（Johann Heinrich Füssli, 1741～1825）的作品。

來！」

「那我現在要先睡一個覺。」說著，波頓便張大驢嘴，打了一個大大的呵欠。

「睡吧，睡吧。來，我抱著你。」仙后吩咐小仙子們趕緊去尋找愛人想要吃的東西，然後便抱著波頓，輕柔的唱著情歌，哄他睡覺，唱著

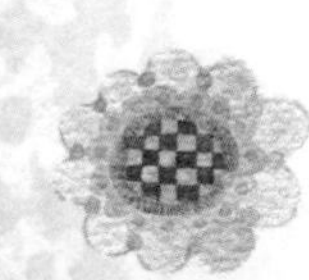

唱著還不時無法克制的對波頓說：「啊，我是多麼的愛你啊！」

躲在一旁的仙王奧白朗實在是看不下去啦，同時也覺得自己的惡作劇實在是太過分了，於是，趁波頓一進入夢鄉，仙王就趕緊現身，先把仙后指責揶揄了一頓，再趁著仙后低聲下氣請求自己原諒的時候，向仙后索討那個可愛的孩子。這回，仙后不敢拒絕，只得答應了仙王的要求。

「好，現在我還要做一件事。請妳把眼睛閉上。」

仙后乖乖照辦。仙王便把那束能夠消除「愛之花」汁液魔力的青草拿出來，在她的眼皮上輕輕的觸了一下。

「回復妳原來的本性，除掉妳眼前的幻象……」仙王奧白朗低語著：「我的蒂丹妮亞，我的好王后，醒醒吧！」

仙后蒂丹妮亞慢慢睜開眼睛，好像是悠悠醒來，一下子腦筋還有點兒不大清楚，低聲的呢喃道：「哦，奧白朗，你在這裡！太好了！我剛才好像做了一個奇怪的夢，我好像夢見我愛上了一頭驢子！」

「是不是那一頭呀？」仙王奧白朗指指波頓，忍不住又開起玩笑來，「我剛才好像看到妳在他的驢頭上插了好多鮮花呢！」

仙后蒂丹妮亞不敢置信的瞪著波頓，「什麼？這裡真的有一頭驢子！可是，我怎麼可能會愛上這麼可笑的東西呢？」

仙王奧白朗笑笑，「是不可能！妳剛才只是在作夢，不過，這個傢伙本來也不是這個怪模樣就是了。」

說著，仙王奧白朗就把戴在波頓頭上的驢頭除掉。

仙王和仙后和好如初，仙王把樹林裡兩對戀人的故事說給妻子聽。

「不知道他們現在怎麼樣了？現在天都快亮了，我們一起去看看吧！」仙王奧白朗說。

「好啊，我們一起去看看。」

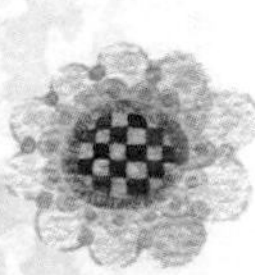

於是，他們倆手拉著手，一起去看看兩對戀人。

當仙王和仙后找到這四個年輕人的時候，發現在他們的四周還圍了好多人，其中有海米亞的父親伊吉斯，還有……啊，連提修斯公爵都被驚動了，此刻竟然也在現場呢！

「去，」提修斯公爵下令道：「叫獵奴們吹起號角來把他們驚醒吧。」

不久，號角一響，四個年輕人果然都立刻從夢中驚醒，並且還嚇得跳起來！一看到提修斯公爵，賴山德趕緊跪了下來，恭恭敬敬的說：「請殿下恕罪！」

海米亞、海倫娜和提米德里也都紛紛跪了下來。

「請你們站起來吧，」提修斯公爵看看賴山德，又看看提米德里，和藹的說：

「我實在是很好奇，你們兩個不是死對頭嗎？怎麼這會兒又變得這麼和氣，居然還睡在一起呢？」

賴山德遲疑了一下，「殿下，說真的，我到現在還是糊里糊塗，一時還真不知道該怎麼回答您的問題……哦，我好像有一點想起來了，我看我就老實交代好了……我是和海米亞一起到這裡來的，我們想要逃出雅典，逃避法律的束縛，這樣我們就可以……」

「夠了！夠了！」伊吉斯老先生氣壞了，立刻向提修斯公爵說：「我要求立刻依法給予他們嚴懲！」

「等一下！」這是提米德里。

伊吉斯說：「提米德里，我知道你一定也很生氣，如果他們真的逃走了，我對你的許諾也就落空了。不過，沒關係，我會還你一個公道的！」

「不，我不是這個意思……」

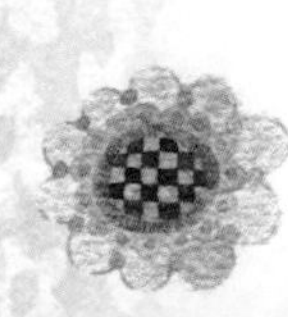

提修斯公爵說：「提米德里，你好像有話要說？那你就說吧。」

「殿下，當海倫娜告訴我他們要私奔的時候，我就追到這樹林裡來，而海倫娜也因為痴心的緣故緊緊跟著我。一開始，我對海倫娜很不好，說了很多不該說的話，但是後來……我也不知道是一種什麼樣的力量……但一定是有某種不可抗拒的力量，使我對海米亞的愛情就像是霜一樣的溶解了，我一切的心思都屬於海倫娜一個人……」

說到這裡，提米德里還稍作停頓，深情的看了一下海倫娜，然後才繼續說道：「其實，我認識海米亞之前，曾經和海倫娜訂過盟約，但是就好像一個人在生病的時候胃口總是不好一樣，我竟然一度想放棄這樣的絕世珍寶，現在的我就像恢復了健康，我又重新全心愛慕著海倫娜，我將永遠的珍惜她，永遠的對她忠心。」

既然如此，伊吉斯老先生也就沒有什麼理由好反對女兒和賴生德的婚事了。

「來吧，」提修斯公爵說：「讓我們一起回雅典去吧！幾天以後，當我和愛人舉行婚禮的時候，你們這兩對愛侶也同時舉行婚禮吧，這樣三三成對，豈不熱鬧！」

A Midsummer Night's Dream

在離開樹林之前，四個年輕人想起昨夜發生的一切，都覺得似真似幻，難以捉摸，就好像是化為雲霧的遠山一樣，更像是做了一場奇異無比的夢。

提米德里問著其他的三個人，「你們確定我們現在是醒著嗎？我怎麼覺得我們好像還是在作夢呀？」

「我們現在是醒著，」賴生德非常肯定的說：「走吧，讓我們跟著大家走，在路上慢慢講著我們的夢吧。」

仙王奧白朗和仙后蒂丹妮亞目睹了這兩對戀人都有了美好的結局，看著他們高高興興的離去，也感到很開心。

當大家都離開了樹林，紛紛返回雅典之後，那個民間藝人波頓經過一頓好覺，終

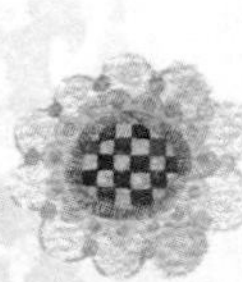

於睡飽了。他伸伸懶腰，打了一個大呵欠，一個一個呼喚著伙伴的名字，但是絲毫得不到回答。

「奇怪，人都到哪裡去啦？咱怎麼會一個人睡在這裡？咱們不是在夜裡一起來這裡排戲的嗎？」波頓嘟囔著：「真是怪事，我是什麼時候睡著的啊，而且好像還做了一個好怪好怪的夢，好像夢到咱變成了一頭驢子……」

關於《仲夏夜之夢》

仲夏夜的浪漫

這是莎士比亞的喜劇形式臻於成熟的作品，也是長久以來一直深受世界各地觀眾所喜愛的一部作品。這齣戲的舞臺效果奇佳，比方說，故事發生的

A Midsummer Night's Dream

主要場景是在森林，主要的一組演員又是精靈，充滿魔幻色彩，小精靈的扮演者又幾乎都是舞姿翩翩的可愛少女，看起來是多麼的賞心悅目，而波頓被戴上驢頭之後的滑稽，不管是由哪一個演員來扮演，當觀眾看到仙后對著這樣的一個怪物深情款款的時候，都會大笑不已。

這個故事雖然複雜，但是結構精緻而緊密，節奏也很輕快，在莎士比亞原來的劇本中，文辭十分豔麗，結尾的地方還帶著一些奉承意味的祝詞，因此很多學者都懷疑這是為了當時某位貴人的婚禮而特意打造的作品，但是截至目前為止還沒有任何史實能夠證實這個推測。此外，也有很多學者認為這齣戲受到民間仲夏節和五月節慶祝活動不小的影響。

威尼斯商人

在義大利的威尼斯，有一個青年商人，名叫安東尼奧。安東尼奧為人正直，很看重朋友，又非常熱心和慷慨，長期以來一直深受朋友的愛戴。

這天，安東尼奧和幾個朋友邊走邊聊。安東尼奧說自己常感到很憂鬱，可是就連他自己也不知道這種憂鬱到底是怎麼回事，又到底是從哪裡冒出來的。朋友們聽了，都很關心。

一個朋友說：「你是不是為了還沒回來的貨物而焦慮啊？要是我也有這麼一大筆買賣在大洋上，這種海外的希望一定也會使我魂牽夢繫，甚至憂鬱。」

另外一個朋友附和道：「說得很對！如果是我，只要一想到海面上的一陣暴風將會造成怎樣的一場災禍，就算是吹涼一碗粥的一口氣，也會吹痛我的心。」

安東尼奧說不是的，買賣方面的問題並不會使他憂鬱。朋友們又猜，安東尼奧八成是墜入情網了吧，可是安東尼奧也說不是。

於是，朋友們就勸安東尼奧，或許是因為他太關心俗事了，勸他別為那麼多和自己不相干的事那麼操心。

安東尼奧和好友巴薩尼歐。英國維多利亞時期的名畫家雷頓（Frederic Leighton, 1830～1896）的作品。

安東尼奧說：「我把這個世界看作是一個舞臺，每一個人都必須在這個舞臺上扮演一個角色，我扮演的是一個悲哀的角色。」

有個朋友則說：「讓我扮演一個小丑吧，讓我在嘻嘻哈哈的歡笑聲中漸漸長出蒼老的皺紋。」

正聊著，另外幾個朋友迎面而來，其中有一個名叫巴薩尼歐的貴族青年。很快的，安東尼奧和巴薩尼歐就單獨走在一起，因為不久前巴薩尼歐曾經對安東尼奧談起要去貝爾蒙特拜訪一位特別的故娘，安東尼奧一直記著這件事，因為他向來很關心朋友的幸福，何況巴薩尼歐還是安東尼奧最好的朋友。

「你該告訴我那個姑娘的名字了吧，你答應過今天要告訴我的。」安東尼奧說。

「安東尼奧，你是知道的，我為了維持體面的生活排場，開銷很大，一直是入不敷出，現在都快傾家蕩產了。無論是錢財或是情誼，我一直都欠你很多很多，不過正是因為我們交情深厚，所以我現在才敢把我的計畫告訴你。如果順利，這個計畫將可以幫助我還清所有的債務。」

「什麼計畫？你就說吧。只要你的計畫是光明正大的，那麼我的錢囊可以任你取用，我自己也可以供你驅使。我願意用我所有的力量，來幫助你執行你的計畫。」

「以前我在學校裡練習射箭的時候，如果把一支箭射得不知去向，我就用另外一支箭向著同一個方向射過去，只要看準了這一次箭掉落的地方，在去尋找這支箭的時候往往就可以把之前找不到的那支箭也一起找回來。也就是說，冒雙倍的危險，有時往往會有雙倍的收穫。接下來我要跟你說的話，或許你會覺得我太天真，但是我只想告訴你，如果你現在願意向著你射出第一支箭的方向，再射出第二支箭，那麼這一次我一定會把目標看準，我保證就算不能把兩支箭一起找回來，至少也可以把第二支箭交還給你。」

「哎呀，巴薩尼歐，你是知道我的為人的，為什麼還要浪費口舌用這些比喻來試探我們的友誼呢？要是你懷疑我不肯鼎力相助，那麼就比把我所有的錢統統花掉還要

英國畫家米雷（John Everett Millais, 1829～1896）描繪的包希雅，美麗、聰慧，又帶有一股剛毅之氣。

對不起我。所以，快別說那麼多了，只要告訴我有什麼事是我能夠做的，我一定樂意效勞！」

聽到安東尼奧這番義氣爽快的承諾，巴薩尼歐總算可以放心的開口了。原來，在貝爾蒙特有一個富家女，名叫包希雅。巴薩尼歐形容，包希雅不僅美麗，還非常賢淑和聰慧，同時，根據他的觀察，對他也有點意思。包希雅的父親最近剛剛過世，留給女兒一大筆家產。巴薩尼歐說，包希雅柔柔亮亮的長髮本來就像是希臘神話中的金羊毛，現在再加上家產的魅力，自然吸引了一大堆貴族青年都來熱烈追求她。

「只要我有相當的財力，可以和這些求婚者匹敵，我就敢去加入角逐，而我覺得我會有很大的希望！」

「原來是這樣！這有什麼問題，巴薩尼歐，我當然很樂意幫助你，可是，我的貨物，應該說我的全部財產都還在海上，我現在手頭沒有現金，也沒有可以變換成一筆現金的貨物……」

「啊，那就沒有辦法了！」巴薩尼歐好失望。

安東尼奧卻趕緊說：「別那麼喪氣，我還有我的信用啊！我相信在我們威尼斯應該還管用的。這樣吧，我用我的名義先去替你借一筆錢，這樣你就可以盡快去貝爾蒙特見你的包希雅了！」

安東尼奧和巴薩尼歐一起來到城裡一個猶太中年富商夏洛克的住處，想要向夏洛克借三千塊錢。（這在當年可不算是小錢！）

不過，一開始安東尼奧並沒有進去，只是在外面等著，打算等到實在有必要的時

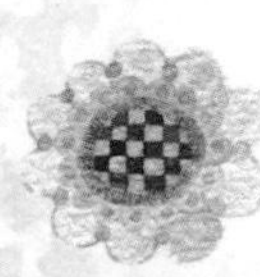

候再進去。安東尼奧向來很討厭夏洛克，所以能不見面就別見。安東尼奧覺得夏洛克為人刻薄，是一個只會放高利貸的守財奴，完全是靠著吸別人的血而致富。

「三千塊錢，嗯？」夏洛克一邊問，腦筋也一邊在飛快的運轉。

「是的，」巴薩尼歐說：「我的朋友安東尼奧可以幫我簽立借據，以三個月為期。」

夏洛克又重複的問了一遍：「三千塊錢，嗯？」

巴薩尼歐強調，「安東尼奧是一個好人。我敢說你從來不曾聽過有人說他不是好人吧！」

意思是說，由安東尼奧來簽立借據，是保證沒問題的。

「當然，他是一個好人，也是一個有資格的人，不過……」夏洛克擺出一副遲疑的樣子，「我覺得他的財產有點問題。我知道他有一艘商船開到特里波利斯，另外一艘商船開到西印度群島，我在交易所裡還聽人說起，他有第三艘船在墨西哥，第四艘則去了英國，此外還有遍布在海外各國的買賣。可是，船只不過是幾塊木板釘起來的東西，如果碰上暴風雨就會很慘；而水手也只不過是血肉之軀，萬一碰上什麼海盜之類的狠角色，還不是束手無策，只能任憑宰割……既然如此，他怎麼能為您來做擔保呢？」

巴薩尼歐見夏洛克顯然是存心刁難，沒有辦法，只好把等在外頭的安東尼奧請進來，想讓安東尼奧來代替自己跟這個難纏的傢伙打交道。

安東尼奧從門外走了進來。夏洛克一看到安東尼奧就心煩，他想：「哼，我真是恨透了這個傢伙！瞧他的樣子多麼像是一個搖尾乞憐的稅吏！我恨他，不光是因為他是一個基督徒，還因為他是一個傻子，每次借錢給別人的時候都不要利息，連帶的把城裡放債這一行的利息都壓低了。而且，這傢伙還憎惡我們神聖的民族，不止一次在我們商人集會的地方辱罵我，把我那些辛辛苦苦賺來的錢都曲解成暴利……哼，我一定要趁這次千載難逢的機會好好的整他，要是我這次輕易的饒過他，就讓我們的民族

永遠沒有翻身的日子！」

夏洛克居然會拿自己的民族來賭咒，由此就可看出他是多麼的痛恨安東尼奧了。

主意打定，夏洛克擠出一絲虛偽的笑容，招呼安東尼奧道：「喲，今天是什麼風把您給吹來啦？」

「我是為我的好友而來。雖然我跟人家金錢往來，從來不講利息，但是這次由於我的朋友急需，我要破一次例。」安東尼奧淡淡的應道，隨即就側過臉來問巴薩尼歐：「他知道你需要多少了嗎？」

「知道，」夏洛克搶著說：「三千塊。我也知道會由您來簽立借據，好，您的借據呢？讓我看一看吧，您剛才好像說跟朋友之間的金錢往來——就是包括借錢給別人或是向別人借錢——都是不講利息的？」

「是的，我從來不講利息。」安東尼奧說。

「為什麼不呢？只要不是偷竊，會打算盤總是好事啊，事實上這也是致富的妙法啊……讓我來算算，三千塊，三個月下來的利息應該有多少……」

「好，你算吧。」安東尼奧板著臉說。

「咦，您看起來好像不大高興？」夏洛克酸溜溜的說：「安東尼奧先生，以前您多次當眾罵我，說我專門剝削可憐人，我都忍氣吞聲，沒有跟您爭辯，因為忍受迫害本來就是我們民族的特色。您好像都忘了您一貫是怎麼迫害我的？您罵我是異教徒，或是『殺人的狗』，還朝我的長袍上吐口水，我到底做了什麼呢？只不過是用我自己的錢來賺一點點的利息而已！先生，難道您不知道您有多麼的過分嗎？現在您居然跑來向我求助，您說，我應該作何反應？我是不是應該反問『一條狗會有錢嗎？』、『一條狗能夠借給人三千塊錢嗎？』，或者我應該彎下腰來，像一個奴才似的低聲下氣、恭恭敬敬的對您說『我的好先生，您曾經用腳踢我，曾經罵我是狗，還曾經朝我的長袍吐口水，為了報答您過去這麼多的恩典，所以我今天應該高高興興的借給您這麼多錢』嗎？」

安東尼奧和巴薩尼歐都聽出了夏洛克話語中的敵意。

安東尼奧生氣的說：「我真巴不得能夠再那樣罵你、踢你、並且朝你吐口水！這樣吧，如果你願意借我三千塊，你不要把它當作是借給你的朋友，就當作是借給你的仇人好了！朋友之間本來就有通財之義，哪有暫時借幾個臭錢也要斤斤計較計算利息的道理？只有借給仇人還差不多！既然是仇人，如果我失去了信用，你就儘管拉下臉來照約處罰就是了！」

「哎喲，瞧瞧您，居然發這麼大的脾氣！」夏洛克嘻皮笑臉的說：「其實我完全願意跟您交個朋友，以前您加在我身上的種種羞辱，我願意全部忘掉！現在您需要多少錢，我願意如數給您，而且不要您一個蹦子兒的利息。您看，其實我完全是一片好心，只是您沒有耐心聽我說完，所以就誤會了！」

「哼，」安東尼奧咕噥道：「說得倒像是真的一樣，倒像是真的很好心似的！」

「那我就要讓你們看看我到底是不是真的一片好心，」夏洛克說：「我不要利息，不過，讓我們還是去找一個公證人，假裝簽一個約。我們不妨開一個玩笑，在約裡明文記載，如果您到了期限沒有辦法把三千塊還給我，那您就得隨我的意，在您身上任何一個部位割下一磅肉，作為處罰。」

安東尼奧的心情頓時舒暢很多，「好啊，就這麼辦。我願意簽下這樣一個約，我還要告訴別人，沒想到這個猶太人的心腸倒還不壞，也許他很快就要變成基督徒了呢！」

安東尼奧認定這只不過是一個玩笑罷了。可是這個玩笑令巴薩尼歐感到毛骨悚然。巴薩尼歐急著對安東尼奧說：「算了，算了！我不要了！我不借了！我不能讓你為我冒這麼大的險！」

「怕什麼，」安東尼奧安慰著好友，「再過兩個月，也就是離這個合約期滿還有一個月的時候，我的船就會回來了。」

向夏洛克借到了三千塊之後，巴薩尼歐便準備許多禮物，帶著眾多侍從，浩浩蕩蕩的朝貝爾蒙特出發，要去向夢中情人包希雅求婚。巴薩尼歐有一個朋友，名叫葛萊西安諾，也一路陪著他，與他同行。

之前巴薩尼歐向好友安東尼奧透露，說包希雅對自己好像很有意思；巴薩尼歐並沒有說錯，他並不是自作多情，包希雅確實是鍾情於他，然而，儘管包希雅的父親已經過世了，包希雅卻不能決定自己的終身大事，因為父親在生前為她安排了一道測

包希雅的求婚者，必須在三個匣子中挑選正確的一個，才能娶到包希雅。這是十九世紀末一位不知名的英國畫家的作品。

試，必須通過這道測試，才是包希雅的有緣人。

包希雅的父親準備了三個匣子，一個是金的，一個是銀的，第三個是鉛的；三個匣子的上面都分別刻了一句話，金匣子上面刻的是：「誰選擇了我，將要得到眾人所希求的東西。」銀匣子上刻的是：「誰選擇了我，將要得到他所應得的東西。」第三個用沉重的鉛所打造的匣子上，刻的則彷彿是一句冷冰冰的警告：「誰選擇了我，必須把他所有的一切作為犧牲。」包希雅的父親在遺囑中規定，所有的求婚者都將被單獨帶到這三個匣子的面前，好好審視這三個匣子以後，挑選一個。在這三個匣子之中，只有一個匣子裡裝了一幅小小的包希雅的畫像，只要挑對了裝著這幅畫像的匣子，就可以娶包希雅為妻。

此外，所有的求婚者在挑選匣子之前，都得先宣誓，保證日後不管是在何種情況下，都絕對不會告訴任何人自己所選的是哪一個匣子；而且，如果選錯了、失敗了，就得立刻離去，絕不可以糾纏包希雅。

目前為止，已經有一大堆的王公貴族來向包希雅求婚，但是還沒有一個人能夠找到裝著包希雅畫像的匣子。當然，包希雅很清楚這三個匣子的祕密，但是父親生前也曾要她發誓，要求她守口如瓶，不可以把祕密透露給任何一個求婚者。

這天，摩洛哥親王也來向包希雅求婚，他挑的是金匣子。打開一看，匣子裡裝的是一個骷髏頭，在骷髏頭空空的眼眶裡塞著一個紙卷，展開一看，上面寫著：

會發光的不全是金子，
這話經常聽人提起；
多少世人出賣一生，
不過看到了我的外形，
實際上只不過是蛆蟲占據著鍍金的墳。
你要是勇敢又聰明，

四肢強健，見識老成，
就不至於得到這樣的回音。
再見，勸你冷卻這片心。

摩洛哥親王看完之後，便說：

冷卻這片心！
真的是枉費辛勞。
永別了，熱情！
歡迎，凜冽的寒風！
再見，包希雅，
現在悲傷填滿了我的胸膛，

莫怪我這敗軍之將去得匆匆。

不久，阿拉貢親王也來了。他選的是銀匣子。打開一看，裡頭雖然有一幅小小的畫像，可惜畫像上的人不是包希雅，而是一個瞇著一隻眼睛的傻瓜！

畫像上還有一些字句：

這銀子在火裡燒過七遍；
那永遠不會錯誤的判斷，
也必須經過七次的試煉。
有的人終身向幻影追逐，
只好在幻影裡尋求滿足。
我知道世上盡有些呆鳥，

空有著一個鍍銀的外表。
隨你娶一個怎樣的妻房，
擺脫不了這傻瓜的皮囊。
去吧，先生，莫再耽擱時光！

阿拉貢親王看了，垂頭喪氣的說：

我要是再留在這兒發呆，
會愈顯得我是一個十足的蠢才；
說來也真好笑，
我頂著一個傻腦袋來此求婚，
卻帶著兩個蠢頭顱回轉家門。

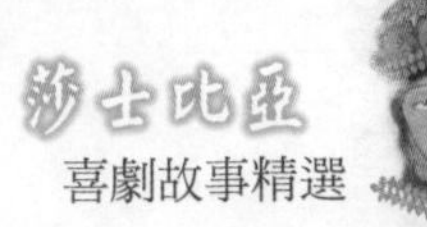

別了，美人，我願遵守誓言，
默默忍受著厄運所帶給我的煎熬。

說完，阿拉貢親王也走了。

就在包希雅覺得自己恐怕永遠也找不到意中人的時候，侍女尼莉莎帶著興奮的神色，匆匆忙忙的跑進來說：「小姐小姐，又來了一個求婚者，小的還從來沒見過這麼體面的一位愛神使者呢，而且他還帶來好幾件貴重的禮物！」

「去請他進來吧。」包希雅說。

在大廳裡等待的時候，包希雅默默的想著：「哎，如果是巴薩尼歐來就好了，他為什麼還不來呢？愛神啊，但願來的是巴薩尼歐！」

沒想到，來的人正是巴薩尼歐！

包希雅本來想讓巴薩尼歐先住上一兩個月，也許她可以找機會在不違背父親心願的情況下，給巴薩尼歐一點點的暗示。也就是說，包希雅希望能夠盡量拖延時間，不要馬上就讓巴薩尼歐去選匣子，因為，萬一巴薩尼歐選錯了，就得立刻離開了！

可是，巴薩尼歐卻對包希雅說：「讓我現在就去選吧，要不然我現在提心吊膽，簡直就像被別人拷問一樣的活受罪！」

「被別人拷問？巴薩尼歐，那麼你給我好好招認，在你的愛情之中，有沒有隱藏著什麼奸謀？」

「沒有什麼奸謀，奸謀和我的愛情就像是冰和炭一樣，是無法相容的。我只是有一點懷疑，也有一點擔心，怕我的痴心終將化為徒勞。」

在巴薩尼歐的堅持之下，包希雅只好無奈的陪同巴薩尼歐進入那放著三個匣子的房間，但是她不能多說一句話，必須保持絕對的沉默，一定要讓他單獨去做將會影響著他倆終身幸福的選擇。

當巴薩尼歐進入那房間的時候，屋內的樂隊正好在演奏一首動聽的情歌：

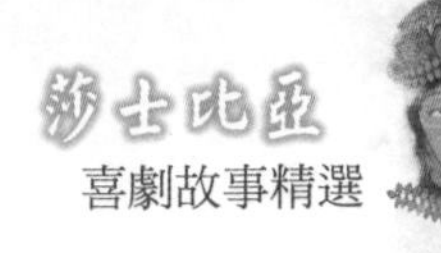

告訴我愛情生長在何方？
是在腦海裡，還是在心房？
愛情到底是怎樣發生？怎樣成長？
回答我，回答我。
愛情的火在眼裡點亮，
凝視是愛情的滋養……

巴薩尼歐面對著三個不同質地的匣子，仔細考慮。

「任何一件事物，本質和外觀往往是不相符的，但是世人卻總是輕易的被外表的裝飾所欺騙。」巴薩尼歐心想。他決定要選擇鉛匣子，因為他覺得鉛匣子的外表只會使人卻步，看起來毫無吸引力，但是他覺得鉛匣子

〈三個匣子〉，英國畫家席玲福德（Robert Alexander Hillingford, 1825～1904）描繪巴薩尼歐面對三個不同的匣子，正仔細的考慮。

The Merchant of Venice

的質樸反而比巧妙的言詞更能打動他的心。

看到巴薩尼歐選擇了鉛匣子，一切的擔憂和害怕頓時都煙消雲散，包希雅覺得自己就要被快樂窒息而死了！

打開鉛匣子一看，裡頭有一幅精緻的包希雅的畫像，巴薩尼歐看看這幅畫像，覺得自己就算用盡世間一切讚美的字句，恐怕也不能充分形容這個畫中幻影的美妙，然而這個幻影和現在就站在他身邊的包希雅本人比較起來，又顯得是多麼的望塵莫及！

除了畫像，匣子裡照例也有一些詞句：

你選擇不為外表所惑，
果然為你帶來了幸運！
勝利既然已投入你的懷抱，
就別再往別的地方去追尋。

如果你對這個結果感到滿意，
就請接受你的幸運，
請趕快回轉身來，
給你的愛深深一吻。

「啊，太好了！」說罷，巴薩尼歐果真就按照指示，轉過身來，溫柔的說了一聲：「美人，請恕我大膽……」

然後就深情的擁吻著包希雅。

包希雅覺得自己這輩子還不曾像現在這麼快樂過。

「巴薩尼歐公子，您瞧瞧我只不過是一個普通人，如果是為了我自己，我不願妄想自己能比現在的我更好一點，可是為了您的緣故，我希望我能夠六十倍勝過我的本身，再加上一千倍的美麗，以及一萬倍的富有，我希望我有無比的賢德、美貌、財產和親友，好讓我在您的心目中占據一個很高的位置……」

包希雅說了很多自謙的話，說自己還不夠好，不過幸好自己還算年輕，很願意學習，希望未來巴薩尼歐能夠在各方面多教教她。

「我自己以及我所有的一切，現在都是您的了，」說著，包希雅拿出一枚戒指送給巴薩尼歐，柔聲道：「憑著這一枚戒指，我把這一切全部奉獻給您。如果有一天，您讓這個指環離開了您的身邊，或者把它給丟了，或者把它送給別人，那就預示著您愛情的毀滅，我可以因此而責怪您的。」

「小姐，您使我說不出話來了，只有我的熱血在我的血管裡跳動著向您陳述，」巴薩尼歐鄭重保證：「要是有一天，這枚戒指離開了我的手指，那就表示我的生命一定也已經終結了；只有這個可能，這枚戒指才會離開我的手指！」

就在巴薩尼歐與包希雅都深深沉浸在幸福之中的時候，陪同巴薩尼歐前來求婚的朋友葛萊西安諾，與包希雅的侍女尼莉莎，也找到了他們的幸福；他們倆也相愛了。

「這可真是喜上加喜啊。」巴薩尼歐高興的說：「我真希望安東尼奧也能在這裡，分享我們的快樂！」

萬萬沒有想到，巴薩尼歐還沒來得及回到威尼斯向好友安東尼奧報告喜訊，就突然接到一封安東尼奧從威尼斯寄來的信。巴薩尼歐一看完信，整個臉色都變了。

「發生了什麼事？」包希雅非常關切的問巴薩尼歐：「要是這封信為您帶來任何不幸的消息，您必須讓我分擔一半。」

「啊，親愛的包希雅，這封信裡所寫的是自從有紙墨以來最悲慘的字句。好小姐，當我初次向您傾吐我的愛慕之情的時候，我曾經說，我高貴的家世是我僅有的財產，其實這不完全是事實，因為我不僅是兩袖清風，我另外還背負著沉重的債務，欠了一個好朋友許多錢，現在甚至還連累他為了我的緣故，欠了他仇家許多錢，而且眼看就要連性命都賠上了！」

原來，安東尼奧在海上的商船，最近竟然接二連三的遭到了海難，以至於沒有一艘能夠安全返抵威尼斯。也就是說，安東尼奧徹底的破產了，而那個狠心的猶太人夏洛克則已經放話，等到約定還錢的期限一滿，就要安東尼奧照約賠償——他要從安東尼奧的身上割下一磅肉！

這封信是安東尼奧所寫來的。信上說，現在就算大家都很願意湊錢替自己還掉那三千塊，夏洛克也不接受，夏洛克已經一口咬定他的原則就是「要求公道，照約行罰」，他就是寧可要取安東尼奧身上的肉，也不願接受比三千塊欠款多二十倍的賠償。總之，夏洛克就是要安東尼奧死！現在，安東尼奧已經自知難逃一死，因為只要夏洛克真的跑到威尼斯公爵那裡去要求公爵為他主持公道，公爵是絕對不能拒絕他的，畢竟，威尼斯的繁榮完全倚賴著各國人民的來往通商，必須保障每一個商人應有的權利，不能讓任何人、尤其不能讓異邦人對威尼斯的法治精神產生懷疑。信末，安東尼奧說，希望巴薩尼歐能夠回來看見自己替好友還債，這樣他就死而無憾了！不過，安東尼奧也仍然不改體貼的表示，如果現在巴薩尼歐與愛人柔情蜜意，捨不得與愛人分開，他也完全能夠理解，那麼就不用勉強，把這封信擱置一旁就是了。

巴薩尼歐當然想立刻趕回威尼斯，並且要盡一切的努力設法營救安東尼奧。包希雅也十分贊同和支持巴薩尼歐這麼做。包希雅還建議他倆先趕快完婚，這樣巴薩尼歐就有權支配原本屬於她的財產，等巴薩尼歐趕回去以後，或許就能派得上用場。

巴薩尼歐覺得包希雅的建議很有道理，他衷心感謝包希雅的善良、仁慈和大度。兩人結婚當天，葛萊西安諾和尼莉莎也同時舉行婚禮。然後，巴薩尼歐和葛萊西安諾就匆匆告別了溫柔美麗的妻子，一起趕回威尼斯。

包希雅原本向丈夫承諾，會帶著尼莉莎一同住到附近的一間修道院去，靜靜的等候著丈夫回來。但是，巴薩尼歐走後不久，包希雅就改變了主意，她不想在修道院裡頭焦急的乾等了，她想要把等待化為更積極的行動。雖然她沒見過安東尼奧，但是既然巴薩尼歐說安東尼奧是他最親密的朋友，又形容安東尼奧「心地善良，熱心尚義，身上所留存的古羅馬的俠義精神比任何一個義大利人都要多」，包希雅決定要不計任何一切代價來營救安東尼奧，而她同時也確信自己一定能夠盡一份心，出一份力！

包希雅有一個表哥，那就是培拉里奧博士，他是一個律師，住在另外一個城市帕度亞。包希雅先寫了一封信，派人火速送到帕度亞給培拉里奧博士，把這個案子告訴他，徵詢他的專業意見，同時還向表哥商借他的律師袍。

包希雅有一個大膽而又瘋狂的點子，她竟然打算要女扮男裝，親自去威尼斯幫安東尼奧辯護哪！

除此之外，包希雅要尼莉莎也女扮男裝，假裝是她的祕書，一起前往威尼斯。

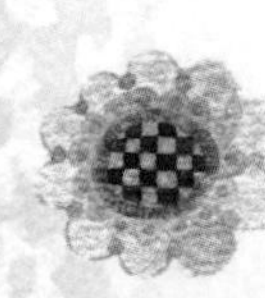

兩個假扮成男士的女孩趕到威尼斯的時候，正好是這個案子開審當天。在此之前，自從巴薩尼歐一回到威尼斯以後，就想盡辦法要營救被關在大牢裡的安東尼奧，並且也多次向夏洛克求情，表示自己現在已經有能力償還借款，也願意在經濟上對夏洛克多多進行補償。可是不管巴薩尼歐說什麼，夏洛克都聽不進去。夏洛克什麼都不要，就是要安東尼奧的一條命。

這天，當案子正在威尼斯公爵以及元老院的眾多元老們面前開始審問的時候，有人進來通報，有一位來自帕度亞的使者求見，並且說這個年輕的使者帶著一封培拉里奧博士的書信。

「培拉里奧博士？」威尼斯公爵相當訝異，「快請他進來！」

很快的，一位自稱叫作巴薩沙的青年博士和他年輕的祕書被帶了進來。巴薩沙博士恭恭敬敬的向威尼斯公爵呈上一封信，這封信是由培拉里奧博士親筆所寫。信上說，他很關心這個案子，本來想親自出庭替安東尼奧辯護，但是因為最近身體不佳，臥病在床，於是請求威尼斯公爵允許由這位巴薩沙博士來代替他出庭。威尼斯公爵看完信以後，同意了培拉里奧博士的請求。

威尼斯公爵看看巴薩沙博士，雖然心裡很納悶這麼年輕的博士會有多大的本事，但是嘴裡仍然非常客氣的說：「歡迎，請上坐。您明白我們今天這個案件的爭議點嗎？」

「明白，我已經都詳細研究過了，」巴薩沙博士問道：「這裡哪一位是那個商人？哪一位又是那個猶太債主？」

威尼斯公爵說：「安東尼奧、夏洛克，你們兩個上來。」

巴薩沙博士首先看著夏洛克又確定了一遍，「你就是夏洛克？」

「是的。」

「你這個官司打得可真奇怪，不過，按照威尼斯的法律，你的控訴是可以成立的。」

「英明，英明啊！」夏洛克很高興。他已經巴不得能夠立刻開始磨刀了。

巴薩沙博士又看看安東尼奧，「你承認這個借據嗎？」

「我承認。」安東尼奧回答。

「依我看——」巴薩沙博士說：「猶太人應該慈悲一點。」

夏洛克一聽，方才臉上的笑容立刻消失，很不高興的說：「為什麼我就應該慈悲一點？您倒是把您的理由告訴我！」

「慈悲不是出於勉強，而是像甘霖一樣從天上降下塵世；我們既然總是祈禱著上帝的慈悲，自己就應該做一些慈悲的事。希望你能夠做一點讓步吧！」

「我只要求法律允許我當庭照約行罰。」夏洛克仍然冷酷的堅持。

巴薩尼歐激動的叫起來：「什麼？當庭行罰？這太可怕、也太可恨了！我願意當庭替安東尼奧還清欠款，哪怕是簽署新的契約，還他幾倍的數目都可以！如果他還是不滿意，那就讓他割我的手，砍我的頭，挖我的心吧！如果連這樣他都不肯，那他真的是存心害人，不顧天理了！請堂上運用權力，把法律變通一下，犯一次小小的錯誤，做一次大大的功德，別讓這個惡魔得逞！」

看到心愛的丈夫如此痛苦，包希雅好心疼，但表面上仍然以「巴薩沙博士」的口吻平靜的說：「這可不行，在威尼斯誰也沒有權力變更既定的法律，否則，惡例一開，以後誰都可以藉口有前例可援，那就什麼壞事都可以幹了。」

聽到這番言論，不用說，夏洛克真是高興極了，喜形於色的說：「哎呀，說得真好！說得真是太對了！真是想不到啊，您看上去這麼年輕，卻這麼的博學和老練！好一個優秀的青年啊！」

巴薩沙博士又問安東尼奧：「你還有什麼話要說嗎？」

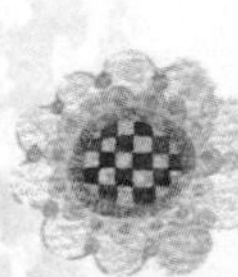

「我沒有什麼話要說，我已經準備好了。」說著，安東尼奧對巴薩尼歐說：「巴薩尼歐，再會吧，不要為我悲傷，為你還債我是死而無怨的。請不要為我因你而遭到這樣的結局感到難過，因為命運已經很善待我了；命運往往讓一個不幸的人在傾家蕩產之後還繼續活下去，讓他帶著凹陷的眼眶和滿是皺紋的臉走向貧困的暮年，這是一種拖延時日的刑罰，其實更加悲慘。現在命運至少已經為我免去了這種刑罰，我應該知足了。請代我向尊夫人致意，告訴她我的故事，讓她知道你有一個對你多麼真心的好朋友！」

身處於悲憤之中的巴薩尼歐，因為太過激動，竟然脫口而出道：「啊，安東尼奧，我愛我的妻子，就像愛我的生命一樣，可是，我的生命、我的妻子以及我整個的世界，在我眼裡都比不上你的生命更為寶貴！我願意失去一切，把一切都獻給這個惡魔作為犧牲，來換回你的生命！」

「如果尊夫人聽到這樣的話，恐怕不一定會有同感吧。」巴薩沙博士說。

不過，葛萊西安諾說得還要更過分；葛萊西安諾向來有點兒喜歡模仿別人說話，現在聽了巴薩尼歐如此感性的話語，竟然馬上也跟進說：「我有一個妻子，我發誓我是非常愛她的，但我希望她現在就能歸天，好到上帝的面前去控訴，請上帝改變這個惡魔的心意！」

葛萊西安諾話音剛落，巴薩沙博士的祕書就說：「幸好尊駕是在她的背後說這樣的話，否則府上一定要吵得雞犬不寧了。」

「哼，這些便是相信基督教的丈夫！多麼的無情！我寧願我的女兒嫁給強盜的子孫，也不願意她嫁給一個基督徒！」夏洛克嚷道。

夏洛克有一個女兒，最近剛剛和一個男人私奔，那個男人正是一個基督徒，夏洛克為此氣悶了很久，認為自己真是全天下最倒楣的人。直到得知原來安東尼奧比他還要倒楣，那麼多艘商船竟然在短短的時間內全都遭到船難，他的心情才開始好起來。

「不要再說這麼多了，」夏洛克冷冷的說：「請趕快宣判吧！借據上清清楚楚的

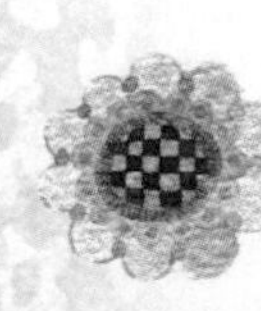

載明，我可以從他身上『任何一個部位』割下一磅肉作為處罰。好，現在我要求在靠近他心臟的部位，割下一磅肉！」

此言一出，立刻引起法庭內一陣驚呼，大家都覺得這實在是太恐怖了！

薩利（Thomas Sully, 1783～1872）描繪包希雅假扮的巴薩沙博士拿著夏洛克遞給她的借據，勸請夏洛克心存慈悲，收下加倍的錢，讓她把借據撕了。

巴薩沙博士又試圖勸夏洛克撕掉那張可怕的借據，但仍然毫無效果。夏洛克甚至宣稱，他連刀子以及用來秤肉的天平都準備好了！

「好吧，既然你這麼堅持，我們只好照約行罰了。」巴薩沙博士說。

法庭內再度一陣驚呼，只不過這一次的驚呼聲中還夾雜了很大程度的失望和難以置信：這麼可怕的合約難道真的可以執行嗎？面對如此心狠手辣的夏洛克，難道就真的一點辦法也沒有了嗎？

巴薩尼歐的臉色更是慘白。當事人安東尼奥倒還鎮定，他安慰好友道：「巴薩尼歐，不要害怕，只要那猶太人的尖刀刺得深一點，我就可以在一剎那之間把那筆債全部還清了。」

「不要再浪費時間了，請趕快宣判吧！」冷血的夏洛克又催促道。

「慢著，還有一件事，」巴薩沙博士慢條斯理的對夏洛克說：「既然要行罰，就一定得按照合約嚴格執行，絲毫不得有誤差。」

「是啊，我就是這麼說的啊，就是這麼要求的啊！」夏洛克愣愣的應道，還沒會意巴薩沙博士這番話的意思。

法庭內每個人也都一頭霧水。但是，每一個人又都隱隱的感覺到，事情好像就要有轉機了。

果然，巴薩沙博士說：「合約上只說你可以在他身體任何一個部位割下一磅肉，可是並沒允許你割出一滴血，而且，你割下的肉還必須剛剛好就是一磅，不可以多一

點，也不可以少一點，如果你割錯了，哪怕只是多割了一根汗毛，法律也可以把你抵命，或是把你的財產全部充公。」

割下的肉是不是能夠剛好一磅就先不說，光是「只能割肉但不能帶血」這一點，就是根本不可能的了；也就是說，夏洛克口口聲聲要求「照約行罰」，然而，事實上這卻是一個不可能執行的懲罰。

等到大家都會意過來以後，法庭內頓時爆出如雷的掌聲！

「哈哈！太好了，太妙了，太精采了！」大家都對巴薩沙博士的表現激賞不已！

夏洛克的臉色則變得非常難看，過了一會兒，咬牙切齒道：「好吧，那我就拿錢好了。」

「不行，」巴薩沙博士說：「剛才我在努力調停的時候，你堅持不肯接受，堅持要照約行罰，因此，你現在一毛錢也不能拿，你只能在不讓這個商人流一滴血的情況之下，從他身上割下一磅肉，而且必須是不多不少剛剛好一磅。」

現在，法庭內旁聽的群眾都開始歡呼。眼看冷酷無情的夏洛克最後只落得偷雞不著蝕把米，大家都覺得痛快極了。

夏洛克鐵青著臉，轉身就要離去。沒想到卻被巴薩沙博士叫住。

「等一下，還有一件事。」巴薩沙博士說。

「喂，安靜，安靜！」人們趕緊互相提醒，法庭內很快便安靜下來。大家都想知道這個年輕幹練的博士還會有什麼驚人之語。

夏洛克的臉上則明顯流露出些許的不安。

巴薩沙博士說：「你可能忽略了威尼斯的法律還有一條明確的規定，凡是一個異邦人經證實企圖用直接或間接的手段來謀害任何公民，那麼此人財產的一半將歸他的被害人所有，其餘一半則將充公，並且此人的性命將悉聽公爵處置，他人不得過問。現在，你已觸犯了這條法律，趕快跪下來求公爵開恩吧！」

這可真是出人意料的發展！夏洛克頓時呆若木雞，完全不知道該如何反應。

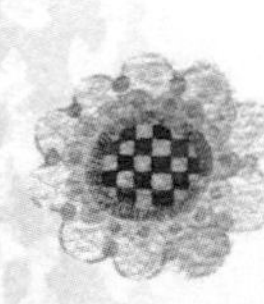

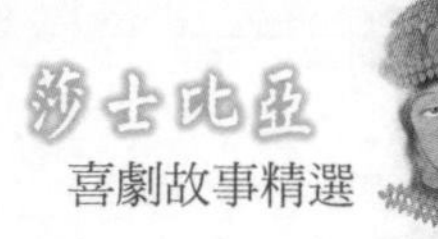

法庭內爆出的歡呼和掌聲久久不能停歇，人人都說：「真是惡有惡報，太痛快了！」

公爵對已處於極端劣勢的夏洛克說：「雖然你還沒有開口求饒，但是為了讓你看看我們基督徒的精神，我決定自動免你的死罪，不過，按照法律，你的財產仍將一半充公，另外一半歸安東尼奧。」

這時，安東尼奧反而替夏洛克求情，懇請公爵寬大處理，免除把夏洛克一半的財產充公，並且大方的表示，即將歸他自己的那一半財產，他願意替夏洛克的女兒和女婿暫為保管，等到將來夏洛克死後，再把它歸還給他們。

「不過，還有兩個附帶條件，」安東尼奧對公爵說：「第一，他接受了免死這樣的恩典，必須立刻改信基督教；第二，他必須當庭寫下一張保證書，聲明在他死後，全部財產都將傳給他的女兒和女婿。」

原來，當夏洛克發現女兒竟然和一個基督徒私奔的時候，一氣之下取消了女兒的繼承權，而那個基督徒正好也是安東尼奧的一個朋友，因此，現在這麼一來，安東尼奧等於保障了朋友的權益。

公爵下令書記立刻寫下一張授贈產業的保證書。

「請你們允許我退庭吧，我覺得很不舒服，等保證書寫好送到我家，我在上面簽名就是了。」說罷，夏洛克就灰頭土臉的匆匆離去。

公爵也隨之宣布退庭。

這一切之所以能夠峰迴路轉，取得這麼戲劇性又令人拍案叫絕的結果，大家一致認為都是巴薩沙博士的功勞，安東尼奧和巴薩尼歐對巴薩沙博士更是感激莫名，很想好好的感謝他。奇怪的是，巴薩沙博士除了收下巴

英國畫家吉伯特（John Gilbert, 1817～1897）描繪夏洛克在法庭敗訴後，灰頭土臉的匆匆離去。

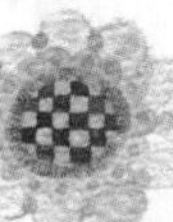

薩尼歐原本要還給夏洛克的三千塊之外，其他什麼禮物都不肯收，也不肯接受他們的款待，反而提出一個相當怪異的要求——要巴薩尼歐把手上的戒指送給他作為紀念。連巴薩沙博士的祕書也很奇怪，居然也想要葛萊西安諾手上的戒指。

巴薩尼歐和葛萊西安諾原本都不肯把自己的婚戒送出去，然而又不好拒絕，最後只好勉為其難的把妻子送給他們的戒指拿了下來。

當巴薩尼歐、葛萊西安諾和安東尼奧一起回到貝爾蒙特以後，包希雅雖然很為安東尼奧的脫險感到慶幸，可是當她得知丈夫竟然把自己送給他的戒指送人的時候，就露出非常不高興的樣子。在這時候，尼莉莎也發現葛萊西安諾手上的戒指不見了，因此與葛萊西安諾吵得不可開交。

兩個女人都認定丈夫一定是把戒指拿去送給什麼別的女人了，巴薩尼歐和葛萊西安諾都百口莫辯。對於這些爭吵，安東尼奧感到非常的抱歉，不斷的表示：「哎，真是對不起，都是因為我的緣故……」

眼看巴薩尼歐和葛萊西安諾都焦急得惶惶不安，包希雅和尼莉莎也決定適可而止，停止了她們的惡作劇，便把事情的原委都說了出來。

巴薩尼歐、葛萊西安諾和安東尼奧都聽得一愣一愣，怎麼也想像不到眼前的美嬌娘竟然會如此的智勇雙全，聰慧過人。

兩對夫妻在真相大白以後，當然很快的就言歸於好。

就在大家都沉浸在歡樂的氣氛之中，突然傳來一個關於安東尼奧的大好消息；原來，之前說他所有商船都遭到船難的消息竟然是誤傳，現在安東尼奧有三艘商船都已經滿載而歸，即將返抵威尼斯了！

直到這個時候，一切終於都獲得了最圓滿的結局。

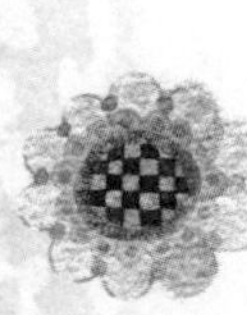

關於《威尼斯商人》

完美的包希雅

這是莎士比亞最成功的戲劇之一，不僅情節精采，人物性格鮮明，而且語言格外生動，還帶著詩意，因此至今仍然經常在世界各地上演，歷久不衰。

「包希雅」是莎士比亞筆下完美的女性形象之一，她聰明、美麗、勇敢、機智、果斷，可以說是一個相當理想化的人物，同時也是文藝復興時期

The Merchant of Venice

人文主義者所追求的典範。與包希雅形成鮮明對比的則是夏洛克，夏洛克在這個故事裡似乎理所當然的要扮演反派角色，很多人都說夏洛克的壞簡直有點壞得不合理。不過，我們不能忽略當時的時代背景，那是在一個普遍仇恨猶太人的基督教世界，所以，夏洛克對基督徒的報復其實含有某種程度的民族意識。

此外，「冒險精神」一直是莎士比亞劇作中的重要元素，這個特質在《威尼斯商人》猜匣子求婚的這段情節中，表現得淋漓盡致，也為包希雅和巴薩尼歐的愛情故事增添了濃厚的浪漫色彩。

庸人自擾

這天，義大利麥西納的總督府來了一個信使，送交一封信給總督李奧納多。當時，總督的女兒希羅和姪女碧翠絲也在場。這封信是阿拉岡的親王唐佩卓寫來的，信上說，戰爭已經結束了，大家都在整理行裝準備回家，他也不例外，由於正好會路過麥西納，所以他打算順道前來拜訪李奧納多總督，和他同行的除了他同父異母的弟弟唐約翰之外，還有兩個友人，都是他們部隊裡的年輕軍官，一個是佛羅倫斯的貴族克勞迪歐，另外一個是巴度亞的貴族班迺迪克。

阿拉岡親王唐佩卓在信中還把克勞迪歐和班迺迪克都盛讚了一番，說他們雖然年輕，看起來像隻溫馴的羔羊，作戰起來卻像頭獅子。簡單來說，他們倆在戰場上所表現出來的勇猛和冷靜，完全超乎了他們的實際年齡。

「你們在這次的戰爭中損失了多少人？」李奧納多總督關切的問道。

信使回答：「很少，帶有爵位的更是一個也沒少。」

「啊，那真是太好了！」李奧納多總督高興的說：「勝利者幾乎可以說是帶著原班人馬回來，這簡直就是雙倍的勝利啊！等他們來了以後，我一定要好好的招待他們。」

信上說，他們今天晚上就要抵達麥西納了。

這時，活潑的碧翠絲用揶揄的口氣問道：「這信上說，班迺迪克在戰場上活像是一頭雄獅，是真的嗎？這怎麼可能啊？」

「是真的，」信使回答：「他是一位難得的好戰士。」

李奧納多總督趕緊對信使解釋道：「你可別誤會，她和班迺迪克先生之間總是喜歡開玩笑，他們兩個每次一碰面就會鬥嘴。」

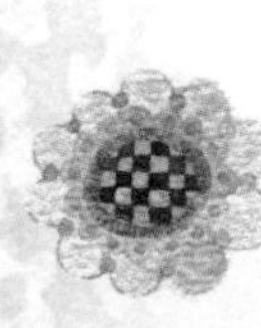

聽到父親這麼說，美麗文靜的希羅忍不住掩口而笑，碧翠斯則翹著嘴巴，不以為然的說：「誰喜歡和他那種自大狂鬥嘴呀，我只不過是對他那些謬論沒法保持沉默罷了！」

果然，等到客人才到了不久，大家就聞到一陣濃濃的「火藥味」。

首先，是碧翠絲對班迺迪克說：「班迺迪克先生，您的談興可真高呀，自從你們來了以後，就只聽到你一個人的聲音。可惜，你大概一直忙著講話，所以都沒注意到其實根本就沒有人在聽你說話哪！」

班迺迪克確實是一個相當健談的人，在人群之中也總是很活躍，其實在某種程度上，班迺迪克和碧翠絲的性格還滿像的，但是現在一聽到碧翠絲這麼說，班迺迪克當然覺得很下不了臺，勉強露出了尷尬的笑容，也不客氣的對碧翠絲說：「喲，我親愛的傲慢的小姐，原來妳還健在啊！請恕我眼拙，剛才竟然一直都沒看到妳。」

接下來，兩人又照例唇槍舌劍起來。碧翠絲和班迺迪克幾乎對任何事情都意見不合，唯一相同的大概就是說起話來都喜歡極盡挖苦之能事。

當話題轉到年輕人都喜歡的與異性交往這方面時，在場的每一個人都覺得火藥味比之前更濃了。

「除了妳之外，所有的女人都愛我，這是一個事實，」班迺迪克自負的說：「我很希望自己不是一個鐵石心腸，因為老實說我實在是一個也不愛。」

「這真是所有女人的幸運！」緊接著，碧翠絲故作驚奇的說：「在這一點上，我的態度倒是和你一樣，我寧願聽我的狗叫，也不願浪費時間來聽男人無聊的情話。」

「願上帝使您永遠保持這樣的態度吧，免得哪天會有某個倒楣的男士被抓破臉。」班迺迪克說。

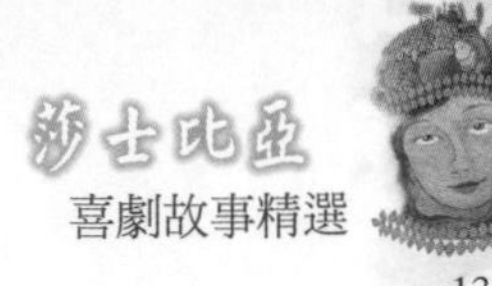

碧翠絲又不甘示弱的回應道：「如果那張臉長得像你這樣，就算被抓破也不會變得更難看的。」

看這兩個年輕人這樣一來一往，誰也不肯在口頭上吃虧，在場的人都覺得很有趣。

只有一個人對碧翠絲和班迺迪克的言詞交鋒不那麼感興趣，而顯得有些心不在焉，這個人就是克勞迪歐。克勞迪歐之所以會如此，是因為他的注意力幾乎全部都放在美麗的希羅身上。克勞迪歐的目光簡直就離不開希羅。

克勞迪歐和班迺迪克本來就是好朋友，所以，稍後當大家都陸續散去，兩人有機會單獨說說話的時候，克勞迪歐忍不住向班迺迪克透露一點自己的心事。

總督的女兒希羅是個文靜、溫柔的姑娘。英國畫家賴特（John William Wright, 1802～1848）的作品。

克勞迪歐先含蓄的問：「你注意到希羅了嗎？」

「我沒注意，不過我看到她了。」班迺迪克回答道。

「你覺得她看起來怎麼樣？我覺得她是我所看過最賢淑又最甜美的姑娘。」

「我倒沒這種感覺，我覺得她的個子太矮，皮膚也太黑，說起來她的堂妹反而更漂亮些，只可惜就像凶神附身似的，令人不敢領教！」

克勞迪歐自顧自痴痴的說：「雖然我曾經發過誓不要結婚，但是我在想……如果希羅願意做我的妻子，我恐怕就拿不定主意了。」

「哎呀，已經到這個地步了嗎？」班迺迪克大嘆道：「真是的，看來我永遠也見不到一個六十歲的單身漢了！」

兩人正聊著，阿拉岡親王唐佩卓走過來，顯然是想加入他們，一過來就關心的問：「你們在聊什麼？有什麼祕密嗎？」

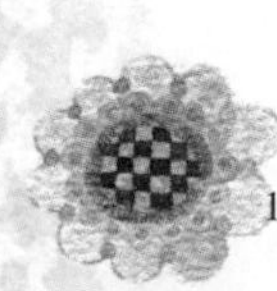

說。

「啊，祕密！是啊，是有一個祕密，我正等著您逼我說出來！」班迺迪克輕鬆的說。

唐佩卓也笑道：「那麼，根據你臣子必須服從的義務，我命令你說。」

班迺迪克先對克勞迪歐眨眨眼，然後頑皮的說：「喂，克勞迪歐，聽到沒有？我必須盡到服從的義務，那我就說啦……」

於是，班迺迪克正經八百的告訴唐佩卓：「克勞迪歐戀愛啦！」

「哦，對象是誰？」

「李奧納多總督的女兒希羅。」

「希羅？嗯，依我看，她確實是一位值得去愛的姑娘。」唐佩卓讚許道。

「我覺得我是愛她。」克勞迪歐勇敢的承認。

班迺迪克在一旁插嘴道：「唉，我還是覺得你實在是很想不開。女人生我，我很感謝；女人育我，我同樣感謝；但是要我愛她們中的任何一個，那就願天下的女人都原諒我吧，我實在是辦不到！」

唐佩卓用預言的口氣對班迺迪克說：「在我死之前，我一定會看到你為了愛情而臉色蒼白。」

班迺迪克仍然嘴硬道：「如果我的臉色蒼白，一定是為了憤怒或是為了疾病，甚至是為了飢餓，總之一定不會是為了愛情。」

「好啦，如果有一天你回心轉意，你一定會成為大家的笑柄。」

說罷，唐佩卓關切的重點又回到克勞迪歐的身上，他問：「克勞迪歐，你真的愛希羅？」

「是的，雖然在戰事剛起，當我們的部隊開拔到戰場上而途經這裡的時候，我就見過她，但在那個時候我是以一個軍人的眼光來看她，儘管滿喜歡她，但當時還有更粗野的事情要做，無暇把我的喜歡發展成愛情。但是現在，戰事結束，我回來了，一些溫柔的念頭就在此時乘虛而入，不斷的提醒我希羅是多麼的美，我在出征之前又是

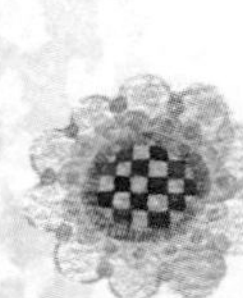

多麼的喜歡她。」

唐佩卓說：「如果你真的愛她，就要珍視這一段愛情。我去向她說明，或是向她的父親說明，我要讓你得到她。」

克勞迪歐一聽，非常高興，但忽然又覺得有些害羞，因此遲疑道：「為了避免使我的愛情過於唐突，我願意慢慢的進行，這樣可以顯得從容一些。」

不過，唐佩卓不同意，他說：「在窄流之上何必要架設寬橋？最大的恩惠就是及時滿足一個人的需要。放心吧，我馬上就幫你去向總督提親！」

另一方面，李奧納多總督正在和家人閒聊，女兒希羅和姪女碧翠絲也都在他身邊。

「碧翠絲啊，不是我說妳，如果妳說話總是這麼尖刻，恐怕永遠也找不到丈夫了。」李奧納多說，明顯的有著好心相勸的意思。

可是，碧翠絲還是不服氣的說：「誰說我想要找一個丈夫呢？如果上帝不給我一個丈夫，我覺得那是我的福氣，為了這一份福氣，我可是日夜都在誠心誠意的祈禱呢！天啊，我可受不了男人臉上的鬍子，我還不如貼著毛毯睡呢！」

「別這麼說，身為妳的伯父，我還是希望有一天妳能找到一個適合的丈夫。」

「不可能，」碧翠絲斬釘截鐵道：「除非上帝是用泥土以外的材料來造男人……親愛的伯父，我可無意冒犯哪！」

這時，正好阿拉岡親王唐佩卓過來，碧翠絲就拉著堂姊希羅跑掉了。

唐佩卓單刀直入的代克勞迪歐提親，李奧納多總督本來就滿欣賞克勞迪歐，又知道克勞迪歐是親王唐佩卓得力的左右手，和親王之間有著相當不錯的私人情誼，因此幾乎沒怎麼考慮就很高興的答應了。

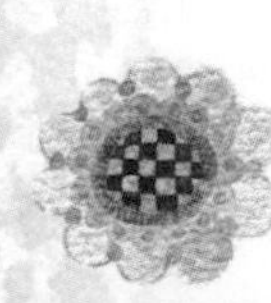

碧翠絲是個美麗、活潑、伶牙俐齒的姑娘。英國畫家賴特的畫作。

熱心的唐佩卓或許是見這麼順利就達成任務，實在是太不過癮啦，於是又突發奇想，對李奧納多說：「你覺得你的姪女和班酒迪克怎麼樣？我覺得他們倆很匹配，班酒迪克是一個有為的青年，而碧翠絲呢，我覺得她也是一個很活潑又討人喜歡的姑娘。」

「碧翠絲的性格中沒有半點兒憂鬱，她從不哀傷，除非是在夢中。而且我聽希羅說，就算碧翠絲夢到了什麼不開心的事，醒來以後也還是嘻嘻哈哈的，不過……」李奧納多說：「我不能想像碧翠絲和班酒迪克在一起，如果他們結婚，我看不出一個星期，他們倆都會因說話而發瘋的！」

「我倒覺得碧翠絲會是班酒迪克不錯的伴侶……」

唐佩卓決心要撮合這兩個年輕人。

他先把克勞迪歐叫過來，「克勞迪歐，這下子你可稱心如意啦，再過一個星期，你就可以迎娶你的美嬌娘了。」

「啊，這都得感謝您！現在我巴不得時間能夠過得快一點；在未行婚禮之前，對於情人來說，『時間』就像是拄著枴杖走路似的，走得特別慢！」

「別急別急，不過，為了使等待的時間不至於過得太沉悶，我提議我們一起來進行一項艱鉅的任務。」

「什麼任務？」克勞迪歐很好奇。

「我想讓班迺迪克和碧翠絲海誓山盟！但是我一個人恐怕做不到，我需要你和希羅的幫忙。如果我們能夠促成他們倆的姻緣，那麼愛神丘比特的光榮從此就將屬於我們，我們才是真正的愛神！來，去把希羅找來，我把我的計畫告訴你們，我相信一定會成功的！」

這天傍晚，班迺迪克單獨一個人待在花園裡，想要看一會兒書。這幾天他不太喜歡和克勞迪歐混在一起，他覺得自從克勞迪歐宣布愛上了希羅以後，就變得傻頭傻腦，不再是過去他所熟悉的那個克勞迪歐了。以前克勞迪歐認為除了大鼓與橫笛這種軍中樂器之外，就再沒有音樂可言，現在他卻寧捨雄壯威武的大鼓與橫笛，而跑去聽舞會中那種娘娘腔的小鼓與短笛；以前克勞迪歐可以步行十哩，只為了去看一副上好的盔甲；現在卻為了設計一件愚蠢的新衣服，他可以高高興興的熬上十個夜晚；以前克勞迪歐說起話來都是直截了當，完全是樸素的軍人本色，現在卻變得咬文嚼字，所說的話就像是一桌光怪陸離的酒席，上頭全是一些稀奇古怪的菜肴……

對於好友克勞迪歐竟然在短短幾天之內就有這麼大的改變，班迺迪克的結論是——愛情真會把人變成呆子！

「我絕不可能變成這樣的傻瓜！」班迺迪克堅定的想著。

就在這時，他無意中發現親王唐佩卓、李奧納多總督以及克勞迪歐三個人都朝花園走過來了。

「哼，『愛情先生』來啦，趁他們還沒看到我的時候我要趕快避開，躲到樹林裡去，」班迺迪克想著：「我可不想再聽他那些沒完沒了的愛情廢話！」

其實，一路邊走邊聊的三個人早就看到班迺迪克了，也看到他故意避開，但是都默契十足的裝作沒看到，故意不把他叫住，然後在一個確保班迺迪克可以聽到他們談話的地方坐下來，三個人都很自然的假裝繼續著方才的話題。

「哎，真是不可思議啊，你說你的姪女愛上了班迺迪克？」唐佩卓問。

「是啊，我也覺得不可思議，」李奧納多答道：「我從沒想到碧翠絲會愛上任何一個人，特別是愛上班迺迪克。」

聽到這裡，班迺迪克的心裡受到了不小的震動，暗忖道：「什麼？她愛我？這是

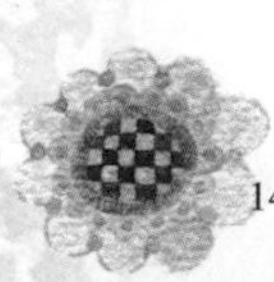

真的嗎？」

「可是她看起來好像很討厭他啊。」唐佩卓繼續說：「我還以為她的心是不會為任何男人所軟化的。」

「那都是裝出來的啊，如果不是我的女兒希羅告訴我，我也不會相信。您知道她們堂姊妹的感情是很好的。」

接著，李奧納多說，希羅告訴他，最近碧翠絲是多麼的為愛情而苦惱，常常夜不能寐，一個晚上要爬起來二十次，不是坐在那裡發呆，就是像個瘋子一樣在紙上拚命寫著她自己和班迺迪克的名字，可是常常寫了半天又哭著把紙張撕成碎片……

李奧納多說，碧翠絲這孩子的感情太熾烈了，他和希羅都很擔心她會不會哪天在一時情急之下傷害了她自己。克勞迪歐在旁也立刻幫腔說，是啊，希羅真的很為堂妹擔心。

唐佩卓假意問道：「為什麼她不向班迺迪克表白呢？」

克勞迪歐說：「我聽說她曾經試著想要寫信給他，告訴他對他的感情，但是才寫了幾個字就停下來，對她的堂姊說：『我每次一見到他就忍不住的冷嘲熱諷，現在怎麼好意思寫信告訴他我愛他，再說，他一定非常的討厭我！』這麼說完以後，她又大哭。我和希羅都覺得，想要表白又不敢或不能表白，就是導致碧翠絲現在會這麼痛苦的原因。」

「真可憐，」唐佩卓無限同情的說：「真該有人把這件事告訴班迺迪克，勸他不要辜負這姑娘的一片痴情。」

克勞迪歐則說：「有什麼用呢？就算班迺迪克知道了這件事，恐怕也只會譏笑，那不是會讓碧翠絲更加的痛苦嗎？」

「如果是這樣，那麼，把他絞死將會是一件善行！」唐佩卓說：「真是可惜了，這麼好的一位姑娘！」

說到這裡，三個人都把碧翠絲讚美了一番，說她漂亮、賢淑又聰明，同時也為她

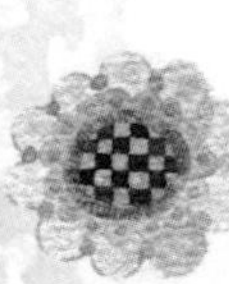

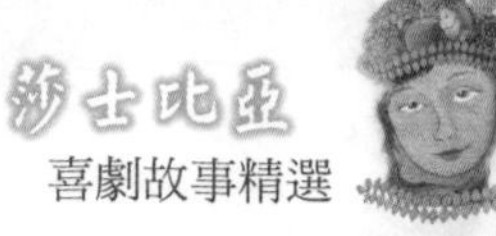

感到非常的惋惜，認為聰明如碧翠絲怎麼偏偏就愛上了班迺迪克呢？班迺迪克可是再三宣稱絕對不會結婚的啊，看來這樁戀情注定是「落花有意，流水無情」了。

稍後，僕人前來報告，晚餐已經準備好了，請三人前去用餐。他們走了以後，班迺迪克從樹林裡走出來，坐在一張石凳上發愣。他對方才聽到的那件不可思議的事深信不疑，現在，他要想想到底該怎麼辦。

「是啊，我是再三說過我將獨身至死，可是說起來這也是因為身為軍人，其實我從未想過到了該結婚的時候我居然還會活著！」班迺迪克想著：「如果我回應她的愛，我可能會受到一些奚落，因為我總是嘲笑結婚。但是，想法難道不能改變嗎？就好像一個人在年輕的時候喜歡吃肉，到了老年就喜歡清淡一樣啊……」

正這麼想著，班迺迪克看到碧翠絲正沿著花園的小徑，朝著自己走了過來。

班迺迪克注視著碧翠絲，默默的想著：「她真漂亮！……嗯，現在我可以看得出來，她確實是有些對我鍾情的樣子……」

其實，碧翠絲是心不甘、情不願的來找班迺迪克，因為方才伯父一進屋子，就指名要她去請班迺迪克進來吃飯，並且還特別交代她，對班迺迪克先生可得客氣些，要注意禮貌。

碧翠絲來到班迺迪克的面前，想到伯父的叮囑，便十分克制的只說了一句：「我來找你並非出於我的意願，我是奉派來請你進去吃晚飯。」

班迺迪克今天似乎完全聽不出碧翠絲語氣中的那種不情願，也客客氣氣的說：「美麗的碧翠絲，您太辛苦了，我非常感激。」

碧翠絲看著他，覺得班迺迪克今天很反常。

「我沒什麼辛苦的，倒是你，居然還為了這一點小事而感謝我，好辛苦啊！」說

花園裡的班迺迪克和碧翠絲。這對愛鬥嘴的冤家，被大家設計後，也互有好感了。這是古典主義風格的畫家亞當摩（M. Adamo）的作品。

完，碧翠絲就走了。

班迺迪克呆呆的望著她逐漸遠去的背影，心想：「這都是真的了！她的意思很明顯，無非就是在暗示我，『我為你所受的任何苦都是值得的，我都樂於承受』。啊，如果我不憐惜這樣一個好姑娘，我就是一個壞蛋！」

希羅有兩個侍女，一個叫作烏蘇拉，另外一個叫作瑪格麗特。為了做到如親王唐佩卓所言，對碧翠絲「也張開同樣的一張網」，稍後，希羅和烏蘇拉也來到花園，坐在一個小亭子裡，然後叫瑪格麗特假裝偷偷跑去向碧翠絲通風報信，說無意中聽到她的堂姊正在和烏蘇拉討論一件和她切身相關的事。

會是什麼事呢？碧翠絲的好奇心立刻就被勾了起來，趕緊趕到花園，果然大老遠的就看到堂姊希羅正在和烏蘇拉說著話。

碧翠絲悄悄湊近，想要聽聽兩人的談話，結果一湊近就聽到烏蘇拉充滿懷疑的問：「小姐，您真的能夠確定班酒迪克先生愛上了碧翠絲小姐？」

碧翠絲一聽，愣了一下，心想：「什麼？他愛我？這是真的嗎？」

「當然確定。」希羅說：「親王還有我剛剛訂婚的丈夫都這麼說。」

「真是想不到啊，我是說，班酒迪克先生表達感情的方式可真奇怪啊，他總是和碧翠絲小姐吵來吵去，沒想到他卻這麼的愛她。」

「回想起來吵來吵去只是一種掩飾吧，這其實正好可以說明他真的很注意她啊。」希羅說：「不過，親王和克勞迪歐都希望我能把這件事告訴碧翠絲，我卻勸他們最好不要，我跟他們說，如果他們真的愛護班酒迪克先生，就別讓碧翠絲知道這件事。」

「為什麼妳要這麼做呢？難道妳認為班酒迪克先生配不上碧翠絲小姐？」

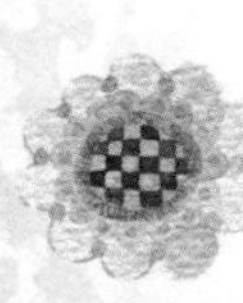

「不，當然不是，像班迺迪克先生那麼出色的男子，配得上一個男人所能獲得的一切！老實說，我認為他可以說是義大利獨一無二的好男人，只除了我親愛的克勞迪歐以外。正因為如此，我寧可去找班迺迪克先生，勸他克制自己的感情，因為，我這個堂妹實在是太驕傲自大了！唉，也怪她沒有福氣，否則，像班迺迪克先生這麼好的男人……」

說著，兩人又一搭一唱的把班迺迪克大大的誇了一通。

等到她們離去以後，碧翠絲覺得整個腦袋都昏昏沉沉的。

「奇怪，我這是怎麼啦？怎麼耳朵會這麼熱啊？」碧翠絲想著：「看來這是真的了……啊，好險啊，我差一點就因為那無聊的驕傲和無理的輕蔑，讓幸福擦身而過了……啊，班迺迪克，請你繼續耐心的愛下去，我會回應你的，用你的柔情來馴服我的野性吧，如果你真的愛我，我會用我的愛來鼓勵你，並且用婚姻來加強我們的愛情！」

就在總督府裡洋溢著一片濃濃的愛的氣息，每一個人都很高興的時候，只有一個人不開心，那就是親王同父異母的弟弟唐約翰。

唐約翰向來是一個心態很不平衡的陰險小人，最見不得別人好。自從與哥哥一起來到總督府作客，他知道哥哥唐佩卓為了克勞迪歐的婚事很盡心，而當唐約翰在無意中得知希羅的侍女瑪格麗特剛巧是自己一個屬下波拉奇歐的戀人，他那卑鄙的腦袋馬上想出一條毒計來。這條毒計儘管是損人不利己，除了破壞克勞迪歐和希羅的婚事之外，他自己並不能從中得到什麼好處，可是只要知道計謀成功之後能夠讓克勞迪歐痛苦，同時也能讓哥哥丟臉，唐約翰就覺得這條毒計很值得去做。

於是，他馬上把波拉奇歐叫了過來，把自己的計畫告訴他，並且命令波拉奇歐立刻就去執行。

就在克勞迪歐和希羅的婚禮即將舉行的前一天晚上，唐約翰走進哥哥唐佩卓的房間。克勞迪歐也在場，正興高采烈的和唐佩卓聊天。

唐約翰問克勞迪歐：「你打算明天結婚嗎？」

「是啊。」克勞迪歐開心的回答。

唐佩卓則說：「你這不是明知故問嘛，你明明知道他的婚禮就在明天啊。」

「是的，我知道，」唐約翰裝出一副很沉重的模樣，「我只是想知道他是不是還有那個打算。」

唐佩卓和克勞迪歐頓時都感到不大對勁，不約而同的問道：「你這話是什麼意思？」

唐約翰說：「我這可是一片好心，其實我也不願饒舌，尤其是我知道我的哥哥是那麼誠心誠意的想促成你的婚事……」

說到這裡，唐約翰停下來，看看唐佩卓，用一種不勝惋惜的口氣說：「可惜啊，哥哥，你是白費功夫了！」

克勞迪歐急了，「到底是怎麼回事？」

唐佩卓也說：「如果你覺得這樁婚姻有什麼不妥，就請你趕快說出來吧！」

唐約翰擺出一副為難的樣子，「唉，好吧，看來我不得不做一個壞人了，我實在是很不願意啊，不過恐怕也是沒有辦法了……唉，細節我就不說了，我真是說不出口哪！總之，我發現在這裡其實大家對她的意見很多，簡直是太多了……簡單來說吧，這位小姐的人品有問題，她對男女之間的事很隨便。」

「誰？希羅？」克勞迪歐以為自己是不是聽錯了。

「沒錯，就是她，李奧納多的希羅，你的希羅……每個人的希羅。」

「什麼？你胡說！」克勞迪歐叫起來：「我不信！」

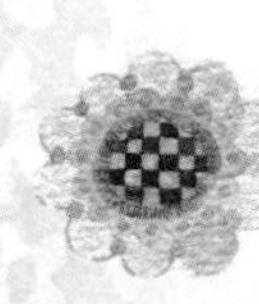

「我很抱歉，這是千真萬確的，坦白說，我簡直是找不出什麼適當的字眼來形容她……我知道她很會演戲，很會裝，所以你們都被她騙過了，那麼，就請你們眼見為實吧！」

克勞迪歐鐵青著臉問：「怎麼個眼見為實？」

「我得到情報，她在今天晚上還將與情人會面，你不妨悄悄躲在她的房間外面，你會看到三更半夜還有人爬上她閨房的陽臺，和她親密的交談。」

克勞迪歐呆了半晌，轉頭一臉困惑的問親王唐佩卓：「您說……這是可能的嗎？」

「很難想像！」唐佩卓搖著頭，非常痛心。

「所以我要你自己去看，」唐約翰說：「我只是想盡一個朋友告知的義務，我不能眼看著你白白受騙。等你親眼目睹以後，如果你還愛她，明天你就照樣娶她，我什麼也不會告訴別人。但是老實講，我私下是覺得如果你改變主意，取消明天的婚禮，似乎更適合，也更能維護你的名譽。」

經過一陣沉默之後，克勞迪歐恨恨的說：「如果一切都如你所說，明天在教堂裡，在眾人的面前，我就要好好的羞辱她！」

親王唐佩卓也很氣憤，對克勞迪歐的想法表示支持道：「當初既然是我代你提親，到時候我也要幫你來羞辱她！」

第二天，在麥西納的大教堂裡，當為新人證婚的神父說到「如果你們兩人之中，有人內心感到猶豫或絲毫勉強，覺得不該和對方結合，那麼，我命令你們，以你們的名譽為誓，現在就說出來……」

克勞迪歐突然轉頭冷冷的問希羅：「妳覺得勉強嗎？」

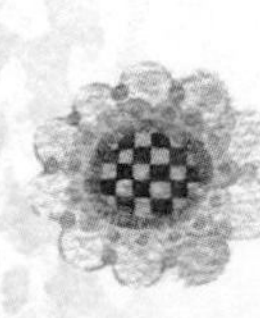

　　眾人都吃了一驚。希羅雖然覺得克勞迪歐問得很突兀，但一時也弄不清他是什麼意思，便呆呆的回答說：「沒有啊，先生。」

　　這時，神父看看克勞迪歐，問道：「您有嗎？伯爵？」

　　克勞迪歐還來不及回答，李奧納多總督已經搶著說：「我敢代他回答，沒有！」

　　不料，克勞迪歐一聽，卻歇斯底里起來，狂笑道：「哈哈！你敢代我回答？哈哈！笑死我了！真是太好笑了！」

　　大家都覺得克勞迪歐的表現很不尋常，不解的看著他，而且隱隱然也有一種不祥的感覺。

　　等到克勞迪歐的情緒稍微平復下來之後，他突然變得一臉嚴肅，盯著李奧納多總督問道：「岳父，我請問你，你是不是心甘情願、毫無勉強的把你女兒交給我？」

　　「當然！就像上帝把她給我的時候那樣心甘情願。」

　　「對於這樣寶貴的禮物，我將何以為報呢？」說著，克勞迪歐便板起臉望著親王唐佩卓。

唐佩卓冷冷的說：「依我看，你無法報答，除非你把她再送回去！」

此言一出，所有的人都愣住了。

「這……這是什麼意思？」李奧納多總督問道。他竭力控制自己的聲音，使自己看起來不要過於激動，儘管實際上他已經相當激動了，因為他感覺得出來無論是他的女婿克勞迪歐或是親王唐佩卓，都不像是在開玩笑。

克勞迪歐面無表情，一字一句的說：「什麼意思？意思就是——我不結婚了，我絕不可能娶一個蕩婦！」

蕩婦？蕩婦！所有的人都不敢相信克勞迪歐竟然會把這樣的字眼和罪名套在希羅的頭上。只有唐約翰忍不住露出一絲邪惡的笑容，但是為了避免引起別人的注意，他又趕緊把這個不尋常的笑容悄悄收回。

希羅對於眼前發生的一切，由於太過震驚，突然感到一陣陣的暈眩。她用發著抖

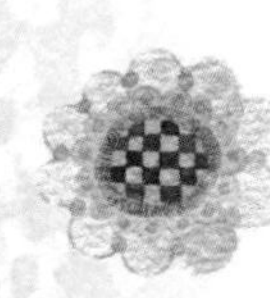

的聲音喃喃道：「天啊！克勞迪歐，你怎麼會說出這樣的話？你生病了嗎？」

「妳是說我有問題？」克勞迪歐憤怒的朝著希羅大吼：「有問題的是妳吧！妳把我騙得好慘啊！」

接著，克勞迪歐就當著眾人的面，大聲指控就在昨晚三更半夜的時候，就在他們要舉行婚禮的前一天晚上，希羅還在她房間的陽臺和一個男人卿卿我我、不三不四，可見她絕對不是一個正經的姑娘。克勞迪歐並且強調，這可是他親眼所見，絕對沒有冤枉希羅。

「不，我沒有……」希羅的臉色十分慘白。

「這怎麼可能！」李奧納多總督急著向親王唐佩卓央求道：「您怎麼不幫我說說話啊？希羅怎麼會是這樣的女子啊！」

沒想到，唐佩卓用惱怒的口氣回應道：「哼，你要我說什麼？我也是親眼目睹啊。告訴你吧，昨天晚上，我一直陪在克勞迪歐的身邊，我可以證實，他所說的每一句都是真的。」

現場頓時引起了極大的騷動，自覺蒙受了不白之冤的希羅又羞又氣，突然「咕咚」一聲，就倒在地上，昏死了過去！

而克勞迪歐由於情緒還處於極度的憤慨之中，竟然也不上前察看希羅的情況，就那麼漠不關心的掉頭走開。親王唐佩卓也氣呼呼的走了，只要一想到這樁婚事還是他促成的，想到自己竟然受人愚弄，他的氣憤就絕不亞於克勞迪歐。

克勞迪歐的好朋友班迺迪克沒有走，他留下來和碧翠絲一起照料希羅，並且協助安排疏散教堂裡的人群——很顯然，沒有婚禮了。

碧翠絲堅信堂姊是受到了可怕的誹謗與冤枉，但是李奧納多總督卻已經對女兒失去了信心，他對於女兒竟然如此敗德，以至於連累自己，讓自己在眾人的面前丟盡顏面，感到非常的憤怒，甚至還在氣憤之中詛咒這樣的女兒不如死掉算了。

可是，剛才把一切都看在眼裡的神父卻勸李奧納多總督息怒。神父表示，方才當

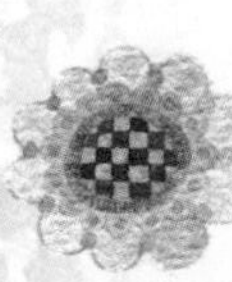

克勞迪歐指控希羅的時候，他在一旁冷靜的觀察希羅的神情，他憑著自己豐富的閱歷判斷，希羅這可憐的姑娘是被冤枉的。

經過神父的再三分析，李奧納多總督終於平靜下來。這時，希羅也甦醒了，哭哭啼啼的再三表示自己的委屈，李奧納多總督這才相信確實是發生了可怕的誤會。

那接下來該怎麼辦呢？神父建議不妨將錯就錯，把「希羅已死」的假消息放出去，這麼一來，只要克勞迪歐真正愛過希羅，就算他仍然堅信希羅的罪惡，但是一旦得知希羅已經死去，他內心對希羅曾有的柔情還是會被再度喚醒。

於此同時，碧翠絲強烈要求班迺迪克去跟克勞迪歐決鬥，為堂姊報仇。

就在一場廝殺幾乎無法避免的時候，一位地方官及時把唐約翰的部屬波拉奇歐押到李奧納多總督的面前。由於波拉奇歐供出實情，唐約翰的陰謀才徹底敗露。

原來，那天晚上，是希羅的侍女瑪格麗特趁著希羅就寢，偷偷穿著希羅的衣服，假裝希羅的口氣，站在陽臺和情人波拉奇歐情話綿綿。克勞迪歐和親王唐佩卓遠遠的看到這一幕，馬上就上當了。

不過，人算不如天算。雖然「演完戲」以後，唐約翰就命令波拉奇歐即刻消失，免得露口風，沒想到波拉奇歐在外地一家酒店和朋友吹噓這場惡作劇時，剛巧被別人聽到，於是立刻報案，波拉奇歐就被抓了回來。

事蹟敗露，唐約翰不知道該如何解釋和脫身，只好狼狽的倉皇逃出了麥西納。

真相大白，當克勞迪歐發現自己錯怪了希羅，甚至把她逼死的時候，真是悲痛萬分。親王唐佩卓也感到相當懊悔，認為自己遇事不夠冷靜，動輒就下了錯誤的判斷，害得一個那麼好的姑娘竟然因此而丟了性命。

克勞迪歐來到岳父的面前，請求岳父的原諒。

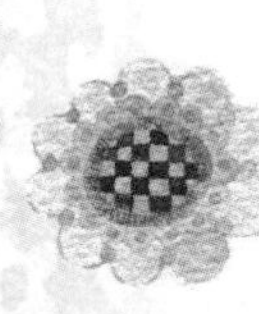

李奧納多總督沉重的說：「事到如今，我可憐的女兒也沒有辦法再活過來了。罷了，罷了！不過，雖然你做不成我的女婿，那就做我的姪女婿好了，我有一個姪女，無論是身形和面貌都和希羅幾乎一模一樣，現在她是我唯一的繼承人了，你願意娶她嗎？」

克勞迪歐痛苦的表示，只要能夠給老人一點安慰，並且稍稍減輕一些自己的歉疚，他什麼都願意。

於是，第二天，一場盲目的婚禮即將舉行；說是「盲目的婚禮」一點也不誇張，因為這對新人在走進教堂之前根本還沒有見過面。

然而，走向神壇面前的時候，克勞迪歐才驚喜交加的發現，原來新娘就是希羅！根本就不是什麼總督的姪女，希羅並沒有死！

不用說，克勞迪歐自然是激動萬分。這實在是太好了！溫柔大度的希羅也原諒了他的魯莽。

婚禮即將正式展開的時候，不料又被打斷。打斷婚禮的人是班迺迪克，打斷的原因是，他也想現在就和碧翠絲結婚。

「我們結婚吧，」班迺迪克對碧翠絲說：「他們告訴我，妳為了愛我幾乎已經到了發狂的地步。」

「什麼？你說反了吧！」碧翠絲驚訝道：「她們告訴我，你為了愛我幾乎已經到了要死要活的地步！」

不過，無論如何，他們倆現在都是真心相愛了。

於是，克勞迪歐與希羅的婚禮完成後，班迺迪克與碧翠絲也許下了他們神聖的諾言。

「今天晚上，我們一定要好好慶祝，舉行一場最盛大的歡宴！」李奧納多總督宣布。

就在這時，一個士兵來到親王唐佩卓的面前，向親王報告：「殿下，您的弟弟在

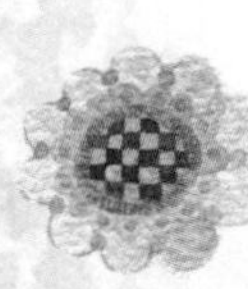

逃亡的路上被我們抓到了，已經由武裝護衛隊押解著回到麥西納了。」

還沒等到親王回答，班迺迪克聽到了，馬上搶著說：「先不要管他，等明天再說吧，我們一定要為他想一個最好的懲罰！」

親王笑道：「好的，明天再說，今天我們要先盡情歡樂！」

關於《庸人自擾》

點鐵為金

《庸人自擾》，中譯版本也有譯作《無事自擾》。這在莎士比亞全部作品裡的地位是相當重要的。一八七九年四月二十三日，

Much Ado About Nothing

在莎士比亞辭世兩百六十多年以後，他的家鄉斯特拉福，選在莎士比亞生日當天舉行開幕典禮的「莎士比亞紀念劇院」，所演的就是這齣戲。

莎士比亞非常擅於改編舊的故事，有人說莎士比亞甚至能夠以「點鐵為金」的技巧，把原本粗糙的情節變成動人的戲劇，而《庸人自擾》就是一個最好的例子。就故事而言，主要人物當然是希羅和克勞迪歐。克勞迪歐受騙，誤以為未婚妻希羅不貞，他們的悲歡離合構成了故事的主幹，像這樣的故事在莎士比亞之前的許多文學作品中都出現過，不算有新意，但是《庸人自擾》中的兩個男女配角碧翠絲和班迺迪克則完全是莎士比亞所創造出來的，這兩個角色不斷的唇槍舌劍，你來我往，互不相讓，不時還對婚姻做一些非常犀利的注解，對於全劇的精采度產生了很大的作用，不論在當時或是到了今天，都仍然受到觀眾的欣賞。

如你所願

在法蘭西的某一省，有一位鮑埃爵士。鮑埃爵士有很多兒子，其中長子名叫奧利佛，小兒子名叫奧蘭多。幾年前，鮑埃爵士不幸撒手人寰。對於年輕的奧蘭多來說，自從父親一過世，他的厄運就開始了。

這天，奧蘭多在大哥家的花園裡氣憤不已的對老僕人亞當發牢騷，「你看，天底下竟然會有這樣的事！當初父親在遺囑上交代要留給我的雖然只有可憐的一千金幣，可是父親有託付大哥要好好培養我啊，然而大哥卻是把我丟在這裡，根本不管我，這跟把一頭牛關在牛棚裡有什麼兩樣啊！他那些馬匹調養得比我還好呢，不但餵的是上等的飼料，還重金聘請了騎師來訓練牠們。而我呢？在他家裡根本就沒有我的位子！

我看他是想用這樣的『培養』來埋沒我高貴的氣質吧！我實在是受不了啦，我要反抗了！」

正抱怨著，大哥奧利佛過來了，一臉不高興的衝著弟弟說：「喂，大少爺，怎麼又在這裡遊手好閒？怎麼不會去找點事來做做啊？」

奧蘭多一聽就很火大，就頂撞道：「我是遊手好閒，可這不也是在幫你的忙嗎？你不是就想把我毀掉，讓我變成一個一無是處、什麼也不會的人嗎？」

「喂！注意一點！你可知道你現在是在什麼地方？」

「當然知道，不就是在你的花園裡嗎？你怎麼不問問我知不知道你是誰？你是我大哥啊！而我是你的弟弟，我同樣是父親的親骨肉，一點也不比你差……」

「說什麼！臭小子！」奧利佛伸出手來想要打奧蘭多；他覺得奧蘭多實在是太狂妄了。

可是，奧蘭多輕易的就閃過了，還語帶譏諷的說：「得啦，老大哥，你出手打人

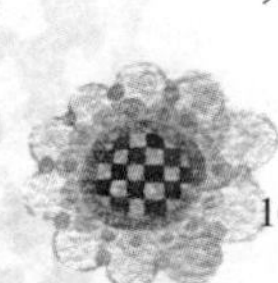

還欠老練呢！」

說著，奧蘭多還順手揪住了大哥的衣領。

奧利佛大怒道：「幹什麼！難道你敢對我動手嗎？小奴才！」

這下子奧蘭多可是真正的被激怒了。他加重了手的力道，瞪著大哥，怒氣騰騰的說：「我不是奴才，我是鮑埃爵士的小兒子！如果你不是我哥哥，我這隻手可不會輕易從你的喉頭鬆開！」

忠心耿耿的老僕亞當趕緊上前勸架，好不容易才把兩人勸開。

奧蘭多忿忿不平的說：「父親在遺囑上明明要你好好的培養我，你卻一心想叫我做一個村夫！上等人該有的教養，你就是不肯讓我沾到邊。我真的受不了了！你必須讓我學習一個有身分的人應該懂得的所有才藝，要不然就把父親留給我的錢還給我，讓我到外面去碰碰運氣！」

奧利佛不屑道：「哼，那等你把錢花完了，你要怎麼辦？討飯嗎？給我進去吧，大少爺，我會讓你得到你部分的要求，不過現在請你趕快走吧！」

亞當也拚命拉著奧蘭多離開，不希望奧蘭多跟他大哥再起衝突，因為那樣對奧蘭多絕對沒有好處。

「除非是為了我切身的利益，我不會再來冒犯你的。」奧蘭多語氣堅決的說。

奧蘭多走後，奧利佛愈想愈氣，心想：「天底下竟然會有這樣的事？到底誰才是老大啊？我非要把你的氣焰壓下去不可！那一千個金幣，哼，休想！」

這時，有僕人過來通報，說公爵手下那個很有名的角鬥士查爾斯求見。

「把他叫進來吧！」奧利佛趕快整理了一下衣服，並且也整頓了一下情緒。

角鬥士查爾斯進門了，請安道：「早安，大人。」

奧利佛也回應道：「早，查爾斯，新朝廷有什麼新聞嗎？」

原來，統治這一省的老公爵在前段時間被他的弟弟竄位，並且被驅逐出京城。這段時間以來，幾乎大家都在談論這件事。

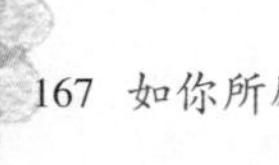

羅莎琳聰慧又美麗，最後也讓自己擁有了理想的伴侶。英國畫家賴特的作品。

不過，角鬥士查爾斯說：「最近朝廷裡沒什麼新聞，都是舊聞啦……哦，我想到有一件事或許可以稱得上是新聞，最近有三四個大臣自願跟著老公爵一起流放，這麼一來，他們的土地和稅收就都歸新公爵所有，新公爵等於是平白添了一大筆財產，所以對於那些要出走的，他也樂得放他們走。」

「老公爵的女兒羅莎琳呢？還在宮中嗎？」奧利佛問道。

「是啊，這實在也是沒辦法吧，誰教她們堂姊妹從小就生活在一起，感情好得不得了，所以，新公爵儘管把老公爵流放了，卻把羅莎琳留了下來，讓她陪伴自己的女兒。」

新公爵的女兒名叫希利雅。這兩個女孩都是獨生女，都是父親的掌上明珠。

對於自己父親所做的事，進而連累到親愛的堂姊，希利雅的內心對堂姊羅莎琳一直是感到非常抱歉，儘管那並不是她的錯。

「老公爵現在有沒有消息呢？他準備去哪裡安身？」奧利佛又問。

「聽說他已經進入了亞登森林，而且聽說每天都有人跑去投奔他，他們過得就像當年英國的羅賓漢一樣……」

兩人又聊了一會兒，角鬥士查爾斯突然想起今天前來拜訪的主要目的，趕緊言歸正傳，「明天新公爵要來看我和別人比賽摔

希利雅雖然生長在宮廷裡，但為了陪伴被放逐的堂姊，寧可離家到樹林中生活。賴特的作品。

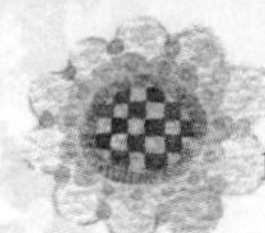

角，你知道這對我來說可是一件大事。我聽說你的弟弟奧蘭多會來向我挑戰。想到他年紀輕輕，又一身的細皮白肉，看在咱倆多年的交情上，我實在不忍心把他摔倒在地。所以，請你勸勸他，請他打消念頭吧，否則，為了護衛我的名譽，我可顧不了那麼多。他若要自討苦吃，就怪不得我了！」

沒想到，奧利佛一聽，竟然覺得這是一個可以修理弟弟的大好機會，於是，沉著臉說：「查爾斯，你的好意我心領了，不過，我老實跟你說吧，奧蘭多向來狂妄自大，誰的話他都聽不進，全法蘭西簡直找不到第二個像他這麼倔強的小伙子。而且……老實說，我真不好意思說，畢竟我們還是親兄弟……全法蘭西也不會有第二個像他這麼陰險惡毒的人！我奉勸你明天就算是贏了，也還是要提防些，小心他會在暗地裡要你的命！」

查爾斯聽了大吃一驚，立刻說：「既然如此，如果明天他真的落到我手裡，我絕不會便宜他的！」

第二天，在宮廷前草坪上舉行的摔角比賽，連羅莎琳和希利雅兩位公主也要過來觀賞。實際上，是希利雅看著堂姊總是鬱鬱寡歡，特意拉她一起來觀賞，想要讓堂姊解解悶。

公爵看到兩個女孩結伴而來，頗有些詫異，「怎麼？妳們也打算要看嗎？」

「是啊，父親，請讓我們看一下吧！」希利雅說。

「我想妳們不會喜歡看的，雙方的實力實在是相差太多了。不過，我實在不忍看這個前來挑戰的小伙子，年紀輕輕就這樣丟掉性命，實在是太可憐了……不如妳們兩個去勸勸他吧，看他能不能聽得進去。」

羅莎琳側身一看，問道：「就是那個年輕人嗎？」

她所看到的那個人，就是奧蘭多。

希利雅則對身邊的臣子下令道：「去把他叫來吧！」

於是，一個士兵走到奧蘭多的面前，告訴他，兩位公主有請。

奧蘭多說：「恭敬不如從命，我現在就去見她們。」

於是，奧蘭多被引到兩位公主面前。

羅莎琳首先問道：「年輕人，是你向查爾斯那個角鬥士挑戰嗎？」

奧蘭多回答道：「我沒有啊，是他向所有的人發出挑戰，我只不過是像別人一樣，趕來和他較量一下而已。」

希利雅說：「可是，你看看那個傢伙的個子比你大多少呀，你還是去另外找一個自己能夠負荷的活動吧！我們這可是為你好，請你看重自己的生命，別去冒險了！」

羅莎琳也說：「是啊，我們可以出面向公爵申請，中止這一場比賽，你的聲譽不會因此受到什麼損傷的。」

但是，奧蘭多拒絕了她們的好意，反而說：「求兩位小姐用你們溫柔的目光和善良的願望，伴隨著我去接受考驗吧！我不會有什麼損失的，因為我本來就一無所有。」

這時，宮廷角鬥士查爾斯神氣活現的朝奧蘭多喊話道：「喂！你不是急著要躺進大地媽媽的懷抱嗎？那就快點過來呀！」

沒辦法，兩個女孩見勸不了奧蘭多，只得目送著他迎向查爾斯。

她們虔心的為他禱告。結果，不知道是不是禱告真的靈驗了，總之，比賽結果大出眾人的意料之外——奧蘭多竟然贏了！他沒花多久的工夫就把查爾斯摔倒在地上，沒法動彈。

在場所有的人都為奧蘭多熱烈喝采，連公爵也很欣賞這個年輕人靈活的身手以及巨大的勇氣，特地把他叫到面前，用非常親切和讚賞的口氣問他：「年輕人，你叫什麼名字？」

沒想到，當奧蘭多一報上名號，公爵發覺他竟然是鮑埃爵士的小兒子時，馬上就

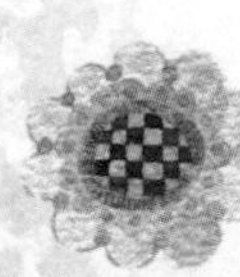

變了臉色，轉身匆匆離去。原來，鮑埃爵士生前是老公爵忠實的屬下，同時也是親密的朋友，所以，在得知奧蘭多的身世背景之後，公爵就連一句話也不願意跟他講了。

兩個女孩都為公爵的喜怒無常感到很不好意思，尤其是希利雅更覺難堪。

「姊姊，我們一起去安慰他一下吧。」希利雅說。

羅莎琳正有此意。她從自己的脖子上取下項鍊，走到奧蘭多的面前，遞給他說：「年輕人，請代我戴上這個吧，我是一個被命運拋棄的人，一心想要給你更多，可是卻拿不出什麼更好的東西。」

奧蘭多半跪著，接受羅莎琳為他繫上了項鍊。接著，羅莎琳就要與希利雅一起走了，但是她一邊走仍一邊頻頻回頭望著奧蘭多，並且多情的說：「年輕人，你摔角真行啊！不過，被你征服的不僅是你的敵人。」

奧蘭多一時真不知道該如何回應，感到非常的局促不安。一直到眼看兩位公主都走遠了，才自言自語道：「哎，難道我連一句『謝謝』都不會說嗎？……看來我的心、我的神志都已經抛到九霄雲外，現在站在這裡的只是一個沒有生氣的木頭人罷了……啊，是什麼樣的感情把我的舌頭壓得這麼重，在她面前我竟然一句話都說不出來……可憐的奧蘭多啊，沒想到你一下子就被打垮、被征服了，不是被查爾斯，而是被一個弱女子！」

稍後，當他得知羅莎琳的芳名以後，更是不由自主的一直喃喃著：「啊，天仙一般的羅莎琳啊！」

當天晚上，當兩個女孩正在房間裡說著有關奧蘭多的悄悄話時，公爵怒氣沖沖的衝進來，宣布要把羅莎琳趕出宮廷。公爵對這個姪女早就不滿了，尤其今天意外得知那個年輕人的亡父竟然是老公爵的部屬，更使公爵受到刺激，想到許多老公爵的舊屬

由於同情羅莎琳而老是不斷的讚美她，這些事都讓他感到非常的厭煩。現在，他覺得再也不能容忍羅莎琳出現在他眼前一秒鐘。

「請問，我的罪名是什麼？我做錯了什麼呢？」羅莎琳問。

公爵冷冷的回答：「就憑妳是妳父親的女兒！這一點就足夠了。」

希利雅在旁拚命為堂姊求情。公爵說：「妳不要囉唆了，當初就是為了妳，我才勉強把她留下來。不過，現在我受夠了，她必須離開這裡！她可以去亞登森林找她的父親！」

公爵同時還對女兒說：「希利雅，她太精明狡猾了，妳對付不了的，妳真是一個小傻瓜，還不知道她剝奪了妳的名聲啊。把她趕走以後，大家才會注意到原來妳是這樣的光彩奪目，才貌雙全……不再講了，我已經做了最後的判決，她被放逐了！」

不過，公爵萬萬沒有想到，寶貝女兒對堂姊的感情竟然如此之深，因此毅然決然的做出了一個重大的決定——她要和堂姊一起去亞登森林找她的伯父！

宮廷距離亞登森林相當遙遠，為了路上的安全，兩個女孩決定放棄華麗的衣服，喬裝打扮成普通的老百姓，這樣比較不會引人注意。羅莎琳還說，她的個子比較高，乾脆她女扮男裝，這樣兩人一路上以兄妹相稱就更好了。說著，羅莎琳就換上男裝，腰裡插上一把匕首，還手拿一把獵野豬的長槍。羅莎琳跟堂妹說，儘管她的內心不免有些緊張，但是她的外表可以神氣活現、虛張聲勢。羅莎琳還笑稱，其實很多硬充好漢的懦夫不都是這樣的嗎？

為了配合這樣的裝扮，羅莎琳選了一個假名，要希利雅改口叫她「甘尼米德」。

希利雅說：「既然妳扮成獵人，我就扮成牧羊女，而且我也不要叫希利雅了，我要叫『愛蓮娜』。」

甘尼米德和愛蓮娜帶了不少值錢的東西，當夜就悄悄離開了宮廷，前往亞登森林。

對於兩個從小嬌生慣養的女孩來說，這趟旅途無疑是相當辛苦的，有好幾次「甘尼米德」都很想不顧身上的男裝，把心一橫，大哭一場，但是一看到身旁嬌小玲瓏的「愛蓮娜」，為了安慰她，「甘尼米德」不得不勉強裝出英雄氣概，為兩人打氣。

（以下我們主要還是用兩個女孩原本的名字來繼續說故事吧。）

這天，兩人終於來到了亞登森林，正坐在樹下休息的時候，遠遠的看到兩個牧羊人，一老一少，一路邊走邊聊的過來，好像談得很起勁。羅莎琳很好奇，便豎起耳朵，想知道他們到底在說些什麼。

老牧羊人說：「那樣的話會叫她更看不起你了。」

年輕的牧羊人則說：「唉，可是，你不知道我是多麼的愛她啊！」

「我看得出一些，因為我也是一個過來人啊……」

「哦，原來是為了愛情在苦惱……」羅莎琳心想。聽著聽著，羅莎琳益發感覺到這個年輕的牧羊人好痴心，而且痴心的程度和自己還頗有幾分相像呢。

這時，年老的牧羊人注意到有兩個體面的外地人，便客客氣氣的和他們打招呼。羅莎琳由於已認定兩個牧羊人都是好人，也就直截了當的向他們開口求援，向他們打聽附近有沒有住的地方，同時有沒有吃的、喝的，因為他們趕了很遠的路，現在都已經累壞了。

巧得很，牧羊人說，他們的東家有幾間茅屋，連同他的羊和牧場都要出賣。

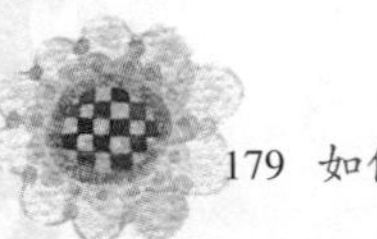

羅莎琳和希利雅一聽，都非常高興，馬上要牧羊人帶他們去看看。她們很快就決定買下來，因此他們倆不但有了安身之處，同時也成了兩個憨厚牧羊人的新主人。

羅莎琳和希利雅打算就這樣先安頓下來，等打聽到老公爵（也就是羅莎琳的父親、希利雅的伯父）的下落以後再說。

過了一段時間，當兩人從旅途的疲憊中逐漸恢復過來以後，她們愈來愈喜歡這種優閒恬靜的鄉村生活。只是，每當想起奧蘭多——那個年輕勇猛，又渾身散發出一股高貴氣質的摔角手，羅莎琳的心裡還是會覺得很惆悵。

有一天，羅莎琳在一棵大樹的樹梢上看到掛著一張紙，上面寫了幾行詩句：

從東印度到西印度
尋不著像羅莎琳一般的珍寶……

羅莎琳的內心一震，不敢置信的想：「羅莎琳？是我嗎？這會是誰寫的？……會是他嗎？天啊，難道他也在這裡？」

沒錯，奧蘭多確實也在亞登森林。

事情是這樣的。就在戰勝了著名的宮廷摔角手查爾斯的那一天，奧蘭多的人還沒到家，為他歡呼的喝采聲卻已經傳到了家鄉。聽到大家都在讚美弟弟奧蘭多，同時得知自己想要陷害弟弟的詭計沒有得逞，奧利佛簡直快氣瘋了，當場就表示一定要在當天晚上趁奧蘭多熟睡的時候，放一把火燒掉奧蘭多睡覺的房子！幸好，忠心的老僕人亞當在無意中偷聽到這個惡毒的計謀，於是趕在奧蘭多還沒有踏進家門之前，趕快跟奧蘭多通風報信。

「你知道嗎？小東家，有些人只因為太好了，反而會給自己招來了災禍，你就是這麼一個受害者啊！」亞當把自己聽到的一切統統告訴了奧蘭多，然後力勸奧蘭多，「別進去了，這不是你待的地方，這座房子對你而言不過是一個屠宰場啊！如果今天晚上燒不死你，你大哥一定還會用別的辦法來對付你的！你還是趕快走吧！」

「可是……你要我去哪裡呢？」

「只要別進家門，去哪裡都行！」

「怎麼，難道你是要我去外面討飯嗎？還是要我去做強盜？我可幹不了這個！那我還寧可把自己交給那個毫無骨肉之情，只想吃我的肉、舔我的血的哥哥吧！」

「不不不，這可使不得！」說著，亞當就拿出一個布包，告訴奧蘭多，裡頭有五百銀幣，是他多年以來一點一滴積攢下來的，原本是想用來養老，現在他願意把這筆錢都交給奧蘭多，同時自己也願意跟他一起走，繼續做他的僕人。

奧蘭多好感動，於是，主僕二人就匆匆忙忙的離開了家鄉。

在出走的時候，奧蘭多本來並沒有什麼明確的目的，但是走著走著，竟然就不知不覺的朝著亞登森林的方向前進。途中，當年老體衰的亞當走不動的時候，奧蘭多就背著亞當前進；亞當是一個如此難得的忠僕，奧蘭多絕不會無情的把他丟下。

當他們來到亞登森林的時候，就和羅莎琳和希利雅一樣，也面臨著缺乏食物和住所的問題。

這天，奧蘭多先把亞當安頓在一片樹蔭下休息，自己去尋找食物。結果，就在命運的安排下，奧蘭多竟誤打誤撞的來到了被放逐的老公爵及其舊屬的棲息之處。這個地方除了有幾棵大樹可以遮蔭之外，實在是簡陋得可以。

英國畫家布雷克描繪一位老公爵的舊屬也追隨到樹林中隱遁，為了充飢而不得不殺死野鹿時，心裡十分難受。

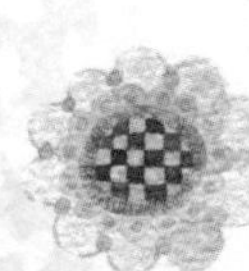

老公爵雖然遭到親弟弟的竄位和放逐，但因為他向來就是一個能夠隨遇而安的人，所以倒也想得開，甚至很快的就能享受起田園生活，只是每當為了填飽肚子而不得不打獵的時候，他會為了殺生而覺得有點兒難受。在老公爵身邊有一個大臣曾經對老公爵說過：「殿下是有福了，因為你能把命運的磨難變成這麼一幅這麼安靜又和諧的景色。」

除了打獵，老公爵和這些舊屬們還經常拿森林裡綠意盎然的大地作舞臺，大伙兒一起吟詩，或是來一場即興的戲劇演出。

當奧蘭多發現他們的時候，一個大臣剛好正在念著一段詩句：

這世界是一座舞臺，

所有的男男女女都只不過是演員，

時候到了就該各自上場、各自下場。

一個人的一生扮演了好幾種角色，
他的演出分成七個時期：
最初是嬰兒，
在保母的懷裡又哭又吐；
接著是學童，
透著紅光的小臉蛋，就像朝霞一般，
淚汪汪的背著書包，
拖著腳步上學去，
活像蝸牛慢慢爬……

他一個時期、一個時期的詳加描述，最後說：

「這世界是一座舞臺，所有的男男女女都只不過是演員」，愛爾蘭畫家穆雷迪在這幅〈人生的七個階段〉銅版畫，描繪了這段著名詩句的意涵。

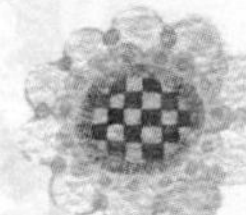

後來那男子漢的渾厚嗓音，
又變成兒童般尖細，
聲調如吹口哨和風笛；
在最後一幕，
結束了那離奇多變的傳奇劇，
再度回到了嬰兒時期，
腦袋裡一片渾沌，
沒牙齒，沒視力，沒滋味，
什麼也不剩。

奧蘭多看到他們正準備吃飯，就拔出配劍，打算用武力來奪取這群人的食物。
老公爵阻止道：「慢著，年輕人，你是因為沒飯吃才這麼強橫，還是天生粗野、不知禮節？……瞧你，真是一點禮貌也沒有。」

奧蘭多頓時覺得羞愧難當，「哎，你真是一說就說中了我的心情，現在我確實已經被無情的貧困逼得走投無路，讓我顧不了再講究禮貌……其實，我也是在城裡長大的……」

「如果是這樣，你大可客客氣氣的跟我們要啊，我們一定也會客客氣氣的招待你……咦，等一下，你怎麼看起來這麼眼熟？告訴我，你的父親是誰？」

「我的父親是羅蘭．德．鮑埃爵士，我是他最小的兒子。」

「哎呀，原來如此！」老公爵發現眼前這個氣宇軒昂的小伙子竟然是故人的兒子時，非常驚喜，就熱情的邀奧蘭多和亞當跟他們一起生活，至少在基本生活不會有問題。

這對主僕就這樣在亞登森林裡住了下來，差不多正是在羅莎琳和希利雅剛買下牧場之後的事。

不久，由於對羅莎琳念念不忘，奧蘭多開始在很多樹上都刻下了「羅莎琳」這最美的名字，有時候還會在樹梢掛上一些十四行詩。

這天，奧蘭多和老公爵的一個大臣一起散步。其實他們倆的氣味並不相投，都巴不得能自己單獨散步，只不過礙於禮貌，既然剛巧碰到了就勉強一起走一段。

大臣說：「我說啊，年輕人，請你別再糟蹋樹木了，別再樹上亂塗亂刻了。」

奧蘭多說：「我也請你別再糟蹋我的詩歌了，剛才被你一念，感覺簡直糟透了。」

「『羅莎琳』是你情人的名字嗎？」

「是啊，一點也不錯。」

「這個名字我可不喜歡。」

「這個名字可沒想要你喜歡啊！」

「她有多高？」

「剛好夠到我的心房。」

「喲，瞧你回答問題倒是滿會說漂亮話的。我們坐下來休息一下好不好？我們來一起痛罵一下這個世界，實在不該教我們遭受這麼多的磨難。」

「不，要罵我只罵我自己，不罵別人。我自己犯的錯誤，我知道的最清楚。」

「哎，你犯下的最糟糕的錯誤就是不該愛上了女人。」

「如果這算是一個錯誤，」奧蘭多打趣道：「就算是要拿你那最高尚的德行來跟我換，我也不換呢。」

大臣見話不投機，便說：「我不打擾你啦，再會吧，多情的小伙子。」

「你要走啦？好的，再見吧，愁眉苦臉的大人！」

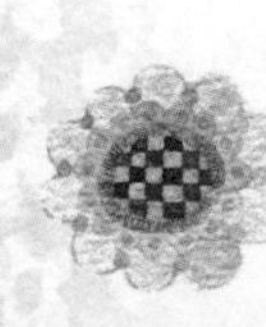

接著，大臣轉身離去，奧蘭多便一個人悠哉悠哉的在樹林裡閒晃。

突然，一個神采飛揚的年輕人和一個俏麗的牧羊女走了過來。

奧蘭多作夢也沒有想到，眼前這個年輕人正是自己朝思暮想的羅莎琳，而站在「他」身邊的牧羊女則是希利雅。

羅莎琳和希利雅大老遠就認出奧蘭多了。羅莎琳注意到奧蘭多的脖子上還戴著自己送給他的項鍊，雖然內心激動不已，但是表面上仍然不動聲色。她們停下腳步，很和善的與奧蘭多閒聊起來。他們的交談可就投機多啦。

「你不會是本地人吧？」奧蘭多說：「聽你的口音很純，住在這麼偏僻的村民不可能說話會這麼好聽。」

「嗯，有很多人都這麼跟我說過，不瞞你說，這是我一個叔叔教我的，我這個叔叔年輕時住在城裡，還在宮廷裡談過戀愛，他把關於戀愛的所有學問統統都教給我啦，對了……」說到這裡，羅莎琳假裝若無其事的說：「我發現最近有一個傢伙老在林子裡晃蕩，一個勁兒的糟蹋樹木，到處刻下『羅莎琳』的名字，還把好多情詩掛在樹上，我仔細看了這些情詩，他把這個『羅莎琳』簡直就捧成了天上的仙女！哎，如果我碰到這個拿愛情當飯吃的小子，我一定要好好的開導他幾句，依我看，他好像是害上了相思病啦。」

奧蘭多紅著臉，很不好意思，同時又有些喪氣的說，「老實講，我就是那個被愛情給害苦的人，你有什麼好辦法，請你趕快指點指點我吧！」

「就是你？」羅莎琳故作驚奇的盯著奧蘭多，「不像啊！」

「怎麼說？」奧蘭多不解的看著眼前這個似乎很有見識的年輕人。

「我叔叔曾經教過我，如何判斷一個人是不是真的愛上了某個人，可是他所說的那些症狀，我看你一個也沒有啊！」

奧蘭多好奇的問：「哪些症狀？」

「一張削瘦的臉，你有嗎？沒有。兩個發黑的眼圈，一對深陷的眼球，你也沒

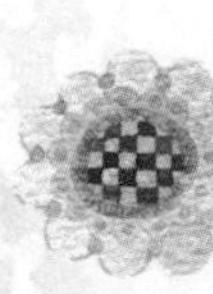

有。整天懶洋洋的，對人一副愛理不理的樣子，你沒有。幾天不刮的鬍子，你沒有……不過這一點倒不怪你，因為我看你就那麼幾根鬍子，少得就像我分到的遺產一樣的少。還有，失魂落魄，我看你也沒有啊！總之，從你的外表看起來，在在表明你愛的只是你自己，不是另外一個人。」

「不，」奧蘭多覺得有種百口莫辯的感覺，「我真希望我能夠讓你相信，我確實是在戀愛，而且我還為此感到很苦惱，因為，不管怎麼吟詩，或是說明，都沒有辦法表明我到底愛她愛得有多深！」

「愛情不過就是使人發瘋罷了，我說應該就像對付一個瘋子似的，把這個人關在黑漆漆的房間，然後用鞭子抽他。總之，只要關一陣、打一陣，這種瘋病就會好的。可是為什麼沒人這麼做呢？無非就是因為得這種瘋病的人太多啦，恐怕就連那個揮舞鞭子的人也愛上某一個女人了，所以，就必須用別的方法來治這種病。」

「什麼辦法？」奧蘭多急切的問。

「我曾經用這個方法治好過一個人……我要那個傢伙把我當成是他的情人，他的女神，我讓他天天來向我求愛，等到他傾訴得夠了，他的心肝也就被清洗得乾乾淨淨，連愛情一絲一毫的痕跡都不見了。」

這個辦法可真夠奇怪的。奧蘭多想了一想，「算了，小伙子，我不想治好我這個病了。」

「可是，我不忍心看你為愛情所苦，我想要治好你這個病！」自稱叫作「甘尼米德」的「小伙子」堅持道。

奧蘭多又想，也許這種類似遊戲的方式能夠讓自己把滿漲的情感抒發出來，說不定自己的情緒就不會太過壓抑了。

於是，奧蘭多問明甘尼米德所住的地方，開始天天去拜訪「他」，並且真的向「他」傾訴了很多動人的情話。

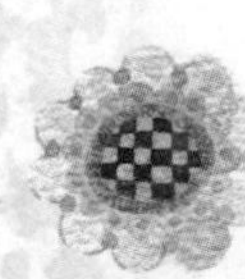

有一天，奧蘭多正要去拜訪甘尼米德的時候，看到有一個人睡在樹下，一條很大的青蛇正圍繞在他的頸間，只要稍一用力，就可要了那個人的命；於此同時樹叢裡還有一頭獅子，正在虎視眈眈的慢慢朝著那個人接近。當勇敢的奧蘭多準備立刻出手去解救這個身陷雙重險境的人，卻猛然發現這個人正是自己的大哥奧利佛！

雖然奧蘭多沒有忘記大哥是怎麼樣對待他的，但是心地善良的他，沒有考慮太久，還是立刻拔出劍來，衝上前去，費了好一番功夫才把大哥從毒蛇和猛獸的口中解救出來。不過，奧蘭多也因此負了傷；他的一條手臂被那頭猛獅嚴重抓傷了。

其實，奧利佛原本是因得到消息，知道弟弟在亞登森林，而特地想來對弟弟不利的。結果，當奧蘭多正在和猛獅作戰的時候，奧利佛被驚醒了，他意識到弟弟竟然不計前嫌，願意為了他冒生命危險，頓時感到非常慚愧，悔恨交加。在奧蘭多趕跑了大蛇，又殺了猛獅之後，奧利佛淚流滿面的懇求弟弟原諒。奧蘭多看大哥表現出這麼真切的悔意，也非常寬厚的原諒了他。這對兄弟就這樣和好了。

到這個時候，故事已接近了尾聲。結局對每一個人而言幾乎都是很好的：甘尼米德脫下男裝，向奧蘭多表明自己就是羅莎琳，這可真是讓奧蘭多又驚又喜；希利雅和奧利佛彼此都對對方一見鍾情；於是，就在羅莎琳與父親相認的那一天，兩對戀人同時舉行了婚禮．最後，就連希利雅的父親，在愛女離家出走以後，既憤怒又傷心，又聽說愈來愈多有頭有臉的人都去亞登森林看望那個已經被放逐的公爵，這使得他對哥哥感到更為妒恨，本想率領大隊人馬趕來亞登森林徹底消滅哥哥的勢力，沒想到在進入森林之前，巧遇一位隱士，這位隱士和他聊了很多，終於讓公爵明瞭自己一連串的做法都是錯誤的，因而他在大徹大悟之後也非常戲劇化的改變了主意——他決定要把之前從哥哥那裡非法所搶奪過來的一切全部歸還給哥哥，自己則要去教堂安度晚年。

消息傳來，自然使得兩位公主的婚宴更加充滿了歡樂的氣氛。

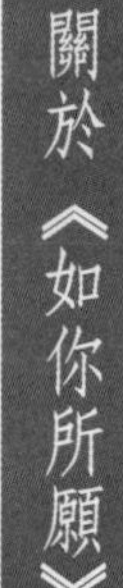

關於《如你所願》

機智幽默的語言藝術

我們是用「說故事」的方式來呈現這個故事，實際上在莎士比亞原來的劇本中，這齣劇似乎刻意要淡化情節，而經常用角色間相互的一問一答來吸引觀眾。比方說，羅莎琳告訴奧蘭多，「時間」趕路有快有慢，「聽我跟你說，『時間』走得四平八穩，那是衝著誰；『時間』一路上小跑步，那是衝著誰；『時間』只管向前直衝，那是衝著誰；『時間』站定了腳步，推都推不動，那又是衝著誰。」於是，奧蘭多就問：「『時間』衝著誰，一路上小跑步呢？」……兩個人就這麼一直說個不停，簡直就像在說相聲。

沒錯，四百多年以前，倫敦市民就很喜歡聽戲，很喜歡聽舞臺上的演員不斷的「舌戰」。有學者認為，這是因為歐洲文藝復興時期本來就是一個個性解放的時代，大家都很需要表達自己的心聲，因此，自然也就很欣賞這種機智幽默的語言藝術。

《如你所願》，有的中譯版本譯作《皆大歡喜》，這應該是就劇情而言；英文原名叫作「As You Like It」，如果採直譯就是《正如你們所喜歡的》，「你們」似乎指的是觀眾，意思就是莎士比亞是一位深諳觀眾喜好的藝術家，既然觀眾喜歡「聽戲」，那就讓你們聽個痛快吧！

錯中錯

這天早上，在艾菲瑟國公爵的宮中，公爵面對一個年老的異鄉人，十分嚴肅的說：「我必須告訴你，我不能偏袒你，否則就會破壞我們的法律。如果你能夠繳納一千馬克，就可以免刑贖身，可是你的財物就算是按最高的價格來估計也不到一百馬克，所以，我現在宣布，依法你被判處死刑。」

這個老人到底犯了什麼樣的罪，以至於會被判處死刑？關鍵是在於他所犯的剛好是一條非常嚴酷的法律。

艾菲瑟國位於小亞細亞的西海岸。鄰近西西里東海岸有一個國家，名叫西拉鳩斯。由於艾菲瑟與西拉鳩斯這兩個國家失和，兩個國家都明文規定雙方的老百姓不得

The Comedy of Errors

來往，更不可以貿易；所以，如果有來自西拉鳩斯的商人被發現居然待在艾菲瑟，按艾菲瑟的法律，就可以判處他死刑，他的貨物也將全部充公。

這個老人正是西拉鳩斯的商人，名叫伊濟安，由於他沒有錢來付罰款，因此公爵只得依法判處他死刑。

不過，公爵感到很納悶，照說伊濟安長年經營貿易，不可能不知道艾菲瑟有這個法律，為什麼還要冒這麼大的風險待在艾菲瑟呢？

「西拉鳩斯人，你簡單的說一下，為什麼你會離開家鄉來到我們艾菲瑟？」公爵問道。

伊濟安想了一想，「要我說出我的痛苦，實在是一件沉重得無以復加的事，不過，為了讓世人知道我的死是為了骨肉親情，並不是因為犯下了什麼令人髮指的罪過，我就盡量陳述一下吧……」

伊濟安說，當年他曾經有一位很好的妻子，也享受過很幸福的生活，直到有一

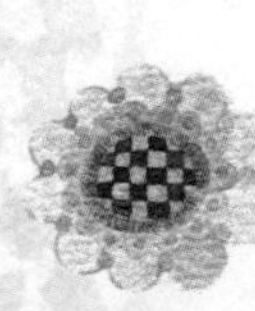

次，他外出經商，已經懷孕五個多月的妻子因為不願與他分開，追隨他的腳步到異鄉來找他，後來就在旅館裡生下一對雙胞胎，是兩個活潑健康的男孩，兩人長得像極了，簡直是毫無區別。說來也巧，就在雙胞胎誕生的同一個時辰、就在他們所住的那家旅館，還有另外一個家境貧寒的婦人也產下了一對雙胞胎男嬰，於是，伊濟安就買下那兩個孩子，準備把他們撫養長大以後，讓他們來服侍自己的孩子。兩對雙胞胎，只有兩個名字；伊濟安的兩個親生兒子都叫作安提佛勒斯，買來的那對雙胞胎則都叫做德羅米歐。

不久，伊濟安的生意暫告一個段落，一家四口，再加上買來的一對雙胞胎，總共六個人一起搭船準備返鄉。不料，半途遇到了狂風暴雨，夫妻兩人趕緊分頭照看，一人照顧兩個孩子；妻子照顧大的安提佛勒斯和大的德羅米歐，他則照顧小的安提佛勒斯和小的德羅米歐。後來，他和兩個孩子雖然被其他的商船救起來，但卻從此失去了妻子和大兒子安提佛勒斯以及大德羅米歐的消息。伊濟安就帶著小安提佛勒斯相依為命，而小德羅米歐也一直在小安提佛勒斯的身邊服侍他。

在小安提佛勒斯十八歲那年，決心要帶著小德羅米歐一起出門去尋找母親和哥哥的下落。小德羅米歐知道自己的身世，因此也希望去尋找自己的雙胞胎哥哥。伊濟安本來很不願意，因為，他已經失去了妻子和大兒子，他不希望到時候什麼都沒有找到，反而連小兒子也失去了。可是，他拗不過小安提佛勒斯的再三懇求，只好勉為其難的同意了。

然而，小安提佛勒斯這一去，果然就杳

許多畫家都曾以〈船難〉為創作題材。亞美尼亞畫家艾瓦佐夫斯基（Ivan Aivazovsky, 1817～1900）以海景畫聞名，在他畫筆下的波濤與雲霧光線，別具一股浪漫風格。

荷蘭著名的海洋畫家巴克赫森（Ludolf Backhuysen, 1630～1708）的這幅作品中，表現了船隻在險惡海象下的處境，讓人看了也覺得驚心動魄。

無音訊。轉眼之間，過了七年，伊濟安再也等不下去了。終於，他不顧自己的高齡，決定也要出門去尋找家人。這一找，又找了五年。他曾經遠涉希臘，經過亞洲境內，沿岸往回航行，最近才來到艾菲瑟附近，儘管明知有那麼一條苛刻的法律，但是如果錯過艾菲瑟，他又不甘心，擔心自己以後會一直惦念著「如果我的孩子剛巧就在艾菲瑟呢？」，他實在不願意錯過任何一個地方，於是就冒險上了岸。接下來，沒過多久，他就被舉報了。

伊濟安平靜的說：「我知道我的生命在今天就要結束了，如果我能夠知道我的家人都平安無事，我就能死而無憾了。」

聽完老人的故事，公爵雖然很同情他，但法律就是法律，公爵能夠幫忙的只不過是把行刑的時間延到黃昏，讓伊濟安在一天之內盡量去湊足那筆罰款，這樣他就可以活命，否則，黃昏一到，他就不免一死。

然而，在艾菲瑟，伊濟安一個人也不認識，叫他去向誰借錢？所以，他謝過公爵，從公爵那裡退出來之後，就待在監獄裡，等待黃昏的到來，那將是他生命完結的時刻。

伊濟安怎麼也想不到，自己的大兒子——大安提佛勒斯，此刻真的就在艾菲瑟！事實上，他住在艾菲瑟已經二十年了，不但成了家，而且家境相當富裕，兒時的那個小奴隸——大德羅米歐，也一直在他身邊伺候。原來，當年襁褓中的大安提佛勒斯和大德羅米歐，在海難過後就被人偷走並賣掉了。不過，他們的運氣還不算太壞，因為他們被賣給了一個將軍。後來，這個將軍來到艾菲瑟探望他的姪子公爵的時候，也順道把這兩個孩子帶到艾菲瑟。艾菲瑟公爵很喜歡大安提佛勒斯，就把他留了下來，大德羅米歐也連帶被留了下來。

大安提佛勒斯長大以後，在公爵的安排下，在軍隊裡擔任軍官。有一次，他在戰場上表現得非常英勇，甚至還救了公爵的性命。為了表示對大安提佛勒斯的嘉獎，公爵就作主讓他和一個名叫阿德綠艾娜的富家女結婚，從此大安提佛勒斯的日子就更加舒適了，而自小在他身邊的大德羅米歐也繼續服侍著他。

就在伊濟安被判處死刑的這一天，將近中午的時候，似乎冥冥之中有一股神祕的力量牽引著他的小兒子——小安提佛勒斯，來到艾菲瑟。當然，小德羅米歐也跟在他的身邊。

小安提佛勒斯一上岸，前來接他的友人就有些緊張的低聲告訴他：「要是有人問你是從哪裡來，你就說是愛皮嫩達，千萬別說是西拉鳩斯。今天早上，有位西拉鳩斯的商人才被查到擅自入境而被捕，而且因為繳不出罰金，在今天傍晚就會被處死了。」

愛皮嫩達是另外一個國家，就不會受那條可怕法律的限制了。

小安提佛勒斯心想：這個商人真可憐。小安提佛勒斯卻怎麼也想不到這個可憐人竟然就是自己多年不見的父親。

友人叮囑過後，同時也把代小安提佛勒斯保管的一包錢幣還給他。小安提佛勒斯轉手就遞給小德羅米歐，並且交代道：「來，你先帶著錢去我們落腳的旅館，然後在那裡等我。再過不到一個小時就要吃午飯了，我想趁這個時間到處轉轉，隨便看看。」

「是，我現在就去，」小德羅米歐接過錢包，還開玩笑的說：「拿著這麼多的錢，誰都願意立刻拔腿就跑！」

也難怪他敢和主人這麼沒大沒小，畢竟他可是跟主人從小一起長大的，兩人在主僕的身分之餘其實還有些朋友的情感。對小安提佛勒斯來說，小德羅米歐不僅是一個非常可靠的僕人，還是一個忠誠又貼心的朋友，每當他鬱鬱寡歡的時候，小德羅米歐總是會說些笑話逗他發笑，為他解悶。

不久，小安提佛勒斯覺得時間也差不多了，就慢慢的踱回旅館。方才在毫無目的的閒逛時，小安提佛勒斯想到幾年前為了尋找母親和哥哥的下落而堅持離家，如今幾年過去，母親和哥哥卻仍然一點消息也沒有，看來想要找到他們的希望是愈來愈渺茫了……想著想著，實在很傷感。

「在這個世界上，我就好比是一滴水，」小安提佛勒斯難過的想著：「我本來想在茫茫大海中尋覓另外一滴水，想要把另外那滴水找出來，然而，不但根本看不到，連問也問不出，到頭來反倒讓自己給迷失了。唉，想要尋找母親和哥哥的下落，結果自己反而也不幸流落了……」

剛到旅館時，小安提佛勒斯沒看到小德羅米歐，不過，沒多久，他就看到小德羅米歐匆匆忙忙的走來了。

小安提佛勒斯不知道，其實眼前這個人並不是他所熟悉的小德羅米歐，而是小德羅米歐的雙胞胎哥哥——大德羅米歐。

而大德羅米歐也不知道，眼前這個人其實並不是他的主人大安提佛勒斯，而是大安提佛勒斯的雙胞胎弟弟——小安提佛勒斯。

於是，一場誤會就這麼產生了。

小安提佛勒斯問道：「咦，你幹麼換了衣服啊？錢都收好了吧？」

「什麼錢？」大德羅米歐愣愣的說：「請你趕快回家吧，廚房的雞都快燒焦了，豬肉也烤得太熟了。女主人見你不回來，正大發雷霆，不肯吃飯，還在我的頭上敲了好幾記，弄得大家都不能吃飯。」

在這麼說著的時候，大德羅米歐注意到主人的衣服也跟早上出門的時候不一樣，不知道是什麼時候換的，但是他不敢問，也沒多想。

見「小德羅米歐」回答得這麼牛頭不對馬嘴，小安提佛勒斯覺得好奇怪，「你在胡說八道些什麼呀！我問你，錢放好了吧？」

「什麼錢？」大德羅米歐還是不懂主人到底在問什麼，只好繼續嘮叨：「女主人請你立刻回家吃飯！」

這下子，小安提佛勒斯急了，「喂，開玩笑也要有個限度，何況這個玩笑一點也不好笑！你明明知道我根本就還沒成家，哪來的女主人？你幹麼要一直這麼說啊！我再問你一遍，錢都收好了吧，我們在這裡人生地不熟的，如果那包錢搞丟了，這可不是開玩笑的！」

大德羅米歐覺得很委屈，「明明是女主人派我來叫你回家吃飯的啊……」

小安提佛勒斯大怒道：「你還說！是我平常跟你太隨便了嗎？你今天怎麼一點分寸也沒有！」

小安提佛勒斯罵著罵著，還揮舞拳頭作勢要打「小德羅米歐」。大德羅米歐趕緊抱頭就跑。看「小德羅米歐」跑了，小安提佛勒斯也不追，只朝著「小德羅米歐」的

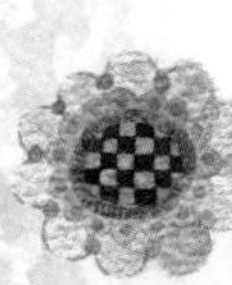

背影又罵了幾句。他認定「小德羅米歐」是在跟他開玩笑，等一下就會回來的。

大德羅米歐跑回家，只好跟女主人老實報告，說主人不肯回來，而且還說自己根本沒有結過婚。

「什麼？」大安提佛勒斯的的妻子阿德綠艾娜簡直快要氣炸了。她本來就是一個嫉妒心很強的女子，現在一聽到丈夫居然否認結了婚，馬上就氣呼呼的對陪在身邊的妹妹露西安娜說：「哼，我看他一定是有別的女人了！」

露西安娜趕緊安慰道：「姊姊，不要胡思亂想，這中間一定是有什麼誤會。」

阿德綠艾娜愈想愈氣，「不行，我現在就去找他問個清楚！」

說著，阿德綠艾娜就問大德羅米歐剛才是在什麼地方找到大安提佛勒斯。露西安娜擔心姊姊會因為過度激動而在公共場所失態，所以也跟著去了。

小安提佛勒斯才剛坐下來沒多久，小德羅米歐就進來了。

「咦，你怎麼又把衣服換回來了？你的動作很快嘛！我問你，錢放好了吧？」

「當然放好了，」小德羅米歐一頭霧水的問道：「什麼衣服？」

「就是你身上的衣服啊，你剛才不是換過衣服嗎？」

「沒有啊，我一直就是這套衣服啊，主人你大概看花眼了吧。」

小安提佛勒斯一聽，火氣又來了，「咦，我說你今天到底是怎麼回事啊，怎麼老是在跟我開玩笑？我跟你說，這些玩笑一點也不好笑！」

「主人，你到底在生什麼氣啊？」小德羅米歐一臉無辜的低聲道：「我一點也聽

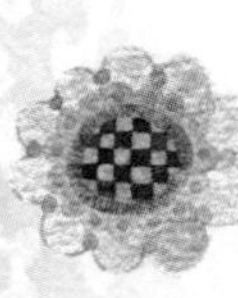

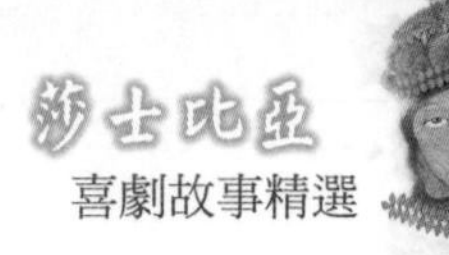

不懂你到底在說什麼……」

就在這時，阿德綠艾娜和露西安娜來了。

阿德綠艾娜一個箭步衝到小安提佛勒斯的面前，一手插著腰，一手指著小安提佛勒斯，指頭都快指到他的鼻尖了。她瞪著眼，非常生氣的質問：「你是什麼意思！不回來吃飯也就算了，居然還說你根本沒有結過婚，你是存心要氣死我啊！」

小安提佛勒斯一愣，「美麗的夫人，妳是在跟我說話嗎？」

「這還用問！我不跟你說難道跟誰說！」

露西安娜趕緊上前，一方面拉著姊姊，要姊姊別那麼激動，有話好好說，另一方面也對小安提佛勒斯說：「姊夫，你為什麼要開這麼大的玩笑呢？也難怪姊姊會這麼生氣。」

「為什麼妳要叫我『姊夫』啊？」小安提佛勒斯疑惑的看著露西安娜，「我真的聽不懂妳們在說些什麼，我才上岸兩個小時，我發誓我這輩子還不曾見過妳們，我怎麼可能會是妳的姊夫，又怎麼可能會是這位夫人的丈夫呢？」

「天啊！」阿德綠艾娜大叫，看起來好像氣得快昏倒了，「你怎麼會說出這麼無情又這麼殘忍的話！我到底做錯了什麼啊！」

露西安娜生怕姊姊在這麼多不相干的人面前崩潰，趕緊拉著姊姊和「姊夫」就往外頭走，拚命安撫道：「我們回去再說吧！」

小安提佛勒斯無法脫身，急得滿頭大汗，回頭求援，「德羅米歐，快來幫幫我啊！」

結果，阿德綠艾娜轉頭一看到小德羅米歐，就不高興的說：「你在這裡幹麼？還不趕快回去！」

小德羅米歐雖然覺得莫名其妙，但是眼看主人有難，自己就算一時沒有辦法，至少也該跟著主人，再設法協助主人脫身，於是也就跟著去了。

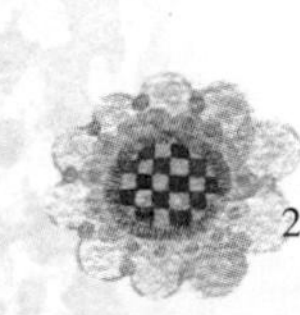

走進大安提佛勒斯的家以後，對小安提佛勒斯和小德羅米歐來說，簡直就是一場惡夢！阿德綠艾娜不斷的數落小安提佛勒斯的罪狀，還不斷逼問他是不是有了別的女人；阿德綠艾娜說得如此真實，而且無論是她或是她可愛的妹妹看起來都實在不像是瘋子，這麼一來，連小安提佛勒斯自己都開始不免懷疑阿德綠艾娜所說的是不是真的？會不會自己真的和她結了婚，但是不知道什麼原因，竟然統統都給忘了？或者自己是在夢中和她結的婚？

小德羅米歐也碰到了非常類似、令他匪夷所思的處境——他突然多出一個老婆了！因為，那個陌生的廚娘不但把他當成自己的丈夫，當他分辯自己並不認識她的時候，她也大發雷霆。

於此同時，大安提佛勒斯正在往回家的路上，半途遇到了大德羅米歐。

大德羅米歐說：「主人，你回來了，你怎麼沒跟女主人一起回來？」
大安提佛勒斯莫名其妙，「我怎麼會跟她一起回來？她不是應該在家嗎？」
「可是她剛才去找你了呀！」
「好端端的幹麼要來找我？是家裡出了什麼事嗎？」
「沒……沒有……」
大德羅米歐本來很想說：「還不就是因為你不肯回家，而且還說了那麼多奇怪的話！」，但是轉念想想，算了，反正主人現在回來就好了，於是就把已經到嘴邊的話給吞了回去。
不料，當兩人回到家，發現家裡的門竟然鎖得死死的。原來，阿德綠艾娜不想讓丈夫再出去，因此當他們一回到家，她就要僕人趕快把大門鎖起來，還特地交代不管發生什麼事都不准開門。
大德羅米歐用力拍門：「快點開門！主人回來了！」

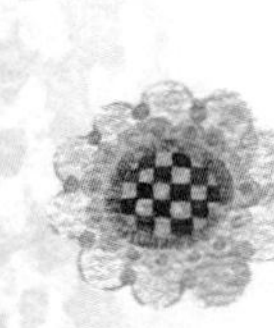

裡頭的僕人竟然回應道：「騙人！主人已經在裡頭吃飯了！」

「胡說！主人明明就在這裡，現在就站在我身邊！」

這一次，裡頭竟然傳出一陣陣的笑聲：「那麼你又是誰？你一定要說你是德羅米歐吧！」

「是啊，我是啊！」大德羅米歐說。

「哼，你想騙誰啊！德羅米歐早就回來了！」

就在這時，大安提佛勒斯聽到裡頭傳來妻子和一個男人說話的聲音。他聽不清兩人在說些什麼，但是聽得出來妻子好像在數落著什麼，而那個男人又好像一直在試著解釋些什麼。

大安提佛勒斯很生氣，心想：「她怎麼可以用這種口氣跟別的男人說話？他們是什麼關係？」

想著想著，大安提佛勒斯氣得立刻拂袖而去！

大德羅米歐沒有跟著主人身後離開；他不死心，還在繼續叫門！

儘管小安提佛勒斯覺得那個一直叫他「姊夫」的姑娘滿可愛的，可是他實在是受不了那個宣稱是他妻子的女人，所以，費了好一番工夫，他才總算和小德羅米歐一起偷偷的逃了出來。

剛來到大街上，就碰到一個金匠。金匠叫住他，遞給他一條金項鍊。小安提佛勒斯不肯接受，金匠卻不高興的說：「明明是你自己訂的，怎麼現在還要賴啊！」說著，金匠硬是把金項鍊塞給小安提佛勒斯，然後就走了。

小安提佛勒斯愣了一會兒，轉頭對小德羅米歐說：「我看我們趕快離開這個地方吧！這裡的人怎麼都這麼奇怪啊！快，快去把旅館裡的東西搬到船上！我們盡快走！」

大安提佛勒斯在街上迎面碰到金匠，金匠匆匆忙忙的對他說：「先生，算了，你不要就算了，還是還我好了。」

「還你什麼？」大安提佛勒斯不懂。

「當然是那條金項鍊啊，就是我剛才給你的那條啊！」

顯然金匠也把眼前的大安提佛勒斯當成是剛才的小安提佛勒斯了。

大安提佛勒斯說：「我是跟你訂了一條金項鍊，可是你還沒給我啊！」

「什麼？」金匠很著急，「我剛才明明給你了，一開始你還不要的啊！先生，別跟我開玩笑了，請快點還給我吧！剛才有人來收帳，我付不出來，所以，我現在可是急需要用錢，你還是還我吧，我好把它拿去抵債，反正你也說不想要……先生，請不要再跟我開玩笑了吧！」

大安提佛勒斯發火了，「我是什麼身分的人，會跟你開這種玩笑嗎？恐怕是你自己睡糊塗了吧！」

金匠也很火大，兩人愈吵愈烈，最後竟然都被抓了起來。

在被押著前往牢獄的路上，大安提佛勒斯看到他的僕人德羅米歐扛著一個箱子急急忙忙的走著。

「喂！德羅米歐！」大安提佛勒斯大叫：「趕快回家去找你的女主人，叫她快點拿出一筆錢來贖我！」

大安提佛勒斯以為他所看到的是大德羅米歐，其實不是，這是剛從旅館收拾好東西並且正要搬去船上的小德羅米歐。

小德羅米歐看到大安提佛勒斯也嚇了一跳，心想：「主人怎麼會被抓起來了？」他也把大安提佛勒斯當成是小安提佛勒斯啦！

更讓小德羅米歐感到費解的是，剛才他們好不容易才從那個屋子逃出來，怎麼主

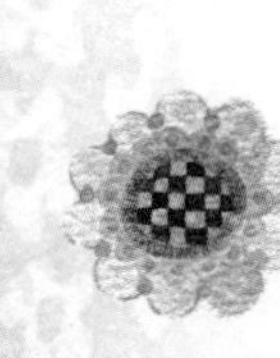

1879年《錯中錯》在美國百老匯上演時的海報。

人現在又叫他回去？還叫他去找那個凶巴巴的女人要錢？……這是怎麼回事啊？怎麼主人忽然又承認那是他的老婆啊？

但是，他可不想承認那個廚娘是自己的老婆！

小德羅米歐實在不想去那所房子，可是……沒辦法，看主人的樣子一點也不像是在開玩笑，那麼就算他有一萬個不願意，恐怕也只得去了，因為，主人的命令他必須服從啊！

The Comedy of Errors

聽到丈夫被捕，阿德綠艾娜急得不得了，馬上拿了一個裝滿錢幣的布包交給小德羅米歐，叫他趕快去把主人贖回來。

小德羅米歐急急忙忙的拿了布包就走。來到大街上，正想找人問問要去監獄該往哪裡走，竟赫然看到主人帶著一臉非常迷惑的表情，從前方晃晃悠悠的走過來。

這回，小德羅米歐看到的是他真正的主人小安提佛勒斯。小安提佛勒斯確實是感到非常迷惑，因為，剛才有好多人都熱情的跟他打招呼，好像他們都是認識很久的老朋友。有人還他錢，堅持說是之前欠他的；有好幾個人也熱情的請他找時間去他們家坐坐；甚至還有一個成衣匠給他看一匹很漂亮的綢緞，說是為了感謝他的恩惠，特地為他買的，要為他做衣服，因此非要為他量尺寸不可。

小安提佛勒斯覺得艾菲瑟這個地方的人實在是太奇怪了！

不用說，那都是因為大家都把他當成是他的哥哥啦！

小安提佛勒斯沒有想到，在這個怪地方待了沒多久，自己的僕人德羅米歐竟然也好像受到傳染似的，舉止愈來愈奇怪了！

就像現在，德羅米歐竟然一臉疑惑的看著自己，「主人，你是怎麼出來的？什麼時候出來的啊？」

「什麼？……你在說什麼？」小安提佛勒斯一點也聽不懂。

「你剛才不是被抓起來了嗎？你還要我回去跟那個女主人要錢，」說著，小德羅米歐把錢包遞給小安提佛勒斯，「你看，我拿來了，只是我不明白你為什麼要承認她是你的妻子啊？」

小安提佛勒斯瞪著小德羅米歐，「天啊，德羅米歐，你該不會是瘋了吧！」

「我怎麼會瘋了呢？」小德羅米歐覺得主人實在是好奇怪，只差沒說：「要瘋也應該是你瘋吧！」

「算了算了，別說了，」小安提佛勒斯拉著小德羅米歐，「我們趕快離開這裡吧，我實在是受不了了！」

就在這個時候，又發生了一件事。一個女人突然攔住了小安提佛勒斯，問他：「我的金鍊子呢？」

「什麼金鍊子？」小安提佛勒斯覺得真是邪門透了，怎麼又突然冒出一個好像跟自己很熟，可是自己根本不認識的瘋女人！

這個女人提醒小安提佛勒斯，他不是在吃午餐的時候答應過要送她一條金鍊子嗎？怎麼這麼快就忘了？在小安提佛勒斯斬釘截鐵的否認以後，這個女人就非常生氣的說：「既然你這麼無情，好吧，那就把我送給你的那個戒指還給我好了！」

原來，不久前當大安提佛勒斯進不了家門，又聽到家裡有一個男人的聲音時，他想到妻子平日總是胡亂吃醋，無端指責他喜歡某一個女子，於是一氣之下決定要報復一下妻子，就真的跑去找這個女人一起吃了中飯，還說要送她一條金項鍊。其實，前幾天當大安提佛勒斯在跟金匠訂這條金項鍊的時候，原本是想送給妻子的。這個女人一聽，很高興，馬上就把一個戒指先送給大安提佛勒斯，想要討好大安提佛勒斯。

可是她怎麼也想不到，才短短那麼一會兒的工夫，「安提佛勒斯」不僅不承認答應要送她一條金項鍊，竟然連收過她一個戒指的事也推得一乾二淨，這實在是太過分了！可是……再轉念一想，「安提佛勒斯」明明是一個好人，怎麼會突然變得這麼無賴呢？這真的是太不可思議了！

這個女人很快便得出了一個結論——「安提佛勒斯」一定是瘋了！

她馬上跑到「安提佛勒斯」的家，好心告訴「安提佛勒斯」的妻子阿德綠艾娜：

「妳的丈夫發瘋了！」

就在阿德綠艾娜半信半疑的時候，大安提佛勒斯因為等不到大德羅米歐拿錢來贖他，就說服了獄卒，乾脆押他回家去拿錢。一到家，大安提佛勒斯馬上怒氣沖天的質問阿德綠艾娜，中午的時候為什麼把他關在外面，不讓他進屋？當時一直在跟她說話的男人是誰？剛才明明知道他有難，又為什麼不肯拿錢去把他贖回來？

阿德綠艾娜想起丈夫之前一直在說什麼不認識她啦、自己根本沒結過婚啦、然後又偷偷溜掉啦等等這些奇怪的言行，現在，阿德綠艾娜也相信丈夫是真的瘋了！

阿德綠艾娜付清了獄卒的錢以後，就叫僕人用繩子把大安提佛勒斯綑綁起來，說要把他先關在房間裡，再去請醫生來治他的瘋病。大安提佛勒斯極力抗拒，氣得大吼大叫，可是很不幸，這麼一來，反而使他看起來更像一個瘋子！

在混亂之中，大德羅米歐為了試著保護主人，也受到了牽連，竟然也一併被綑綁起來，並且跟他的主人關在一起！

好不容易總算把發瘋的丈夫和那個搗蛋的僕人德羅米歐一起關起來以後，阿德綠艾娜由於愛夫心切，想要親自向醫生詳述丈夫發病的情形，便帶幾個僕人匆匆出門去請醫生。不料，才走了一小段路，竟赫然看到丈夫和德羅米歐一起在街上行走。

這當然是小安提佛勒斯和小德羅米歐。

「你們怎麼會在這裡？你們是怎麼跑出來的？」阿德綠艾娜大吃一驚，馬上率著僕人就想衝上前把這兩個人給抓回去。

而小安提佛勒斯和小德羅米歐一發現那個瘋女人來勢洶洶的時候，自然也大受驚嚇，立刻用最快的速度，轉身就逃！

這一逃，正好逃進了附近的一所女修道院。

女修道院裡年老的院長很同情小安提佛勒斯和小德羅米歐，因此，不管阿德綠艾娜怎麼說，她就是不肯把兩個人交出來，反而還勸阿德綠艾娜，懷疑是因為她的善妒以及不夠賢慧，才會逼得丈夫發瘋。院長還說，她能夠慢慢治好阿德綠艾娜的丈夫，要阿德綠艾娜先回去。

阿德綠艾娜當然不肯，馬上跑到公爵的面前大聲哭訴，說丈夫發瘋，院長還如此刁難，不讓她的丈夫就醫。

這個時候已經是黃昏了，也就是到了那個可憐的老人伊濟安由於繳不出罰款而該問斬的時候。公爵親自來刑場監刑，阿德綠艾娜的大哭大鬧，使現場的秩序一度變得

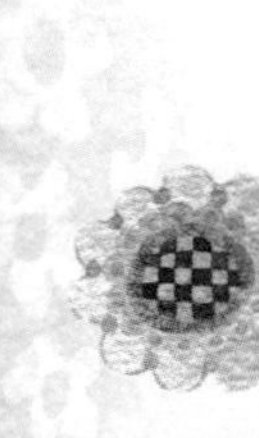

女修道院長見到即將問斬的老人伊濟安，認出正是失散多年的伴侶，連忙為他求情。里戈（John Francis Rigaud , 1742～1810）的作品。

相當混亂。

更令人感到驚異的是，大安提佛勒斯竟然在這個時候也跑到公爵的面前，控訴妻子誣指他發瘋，還把他關起來，幸好在忠心的僕人德羅米歐的幫助下，他才總算掙脫了控制，逃了出來。

「這到底是怎麼回事啊？」阿德綠艾娜看著丈夫，難以理解，「你們現在不是都在修道院裡嗎？」

稍後，當修道院長陪同著小安提佛勒斯和小德羅米歐從修道院裡走出來的時候，大家看到兩個安提佛勒斯和兩個德羅米歐，都紛紛驚嘆於這兩對雙胞胎竟然是如此的相像！

更令人驚嘆的是，當伊濟安與修道院長一看到對方，稍微遲疑了一下，兩人就都認出彼此了，發現對方正是自己失散多年的伴侶！

就這樣，經歷了這麼多波折，一家人終於團圓了。同時，在這一天之內所發生的一連串奇奇怪怪的事，也很快的都有了合理的解釋。

關於《錯中錯》

一齣有意思的鬧劇

《錯中錯》，有的中譯版本是譯作《錯誤的喜劇》。「莎學」的學者一般都推測這是莎士比亞最早的喜劇，這也是莎士比亞最短的一齣戲，只有一七七八行，還不到《哈姆雷特》的一半（三九三一行）。莎士比亞以兩對雙胞胎來製造許多令人捧腹的滑稽情節，舞臺演出時的效果非常好，尤其適合在年終歡慶集會這樣的場合演出，有不少學者認為這應該也是此劇篇幅不宜太長的主要原因。

這齣劇其實明顯脫胎自拉丁喜劇作家普勞特斯的一齣名劇。表面上看這似乎是一齣鬧劇，然而在鬧劇的外表下，仍然不乏深刻的意義，特別是當妻子不知道眼前這個男人其實並不是自己的丈夫，而是丈夫的雙胞胎兄弟時，莎士比亞不但透過滑稽的情節側面描述了他們的婚姻關係，同時也對婚姻這個議題做了一些討論。

附 大家都迷莎士比亞

蔡宜容◎知名兒童文學作家
英國瑞汀大學兒童文學碩士

捍衛西方正典不遺餘力的耶魯大學教授哈洛．卜倫宣稱，莎士比亞就是正典，在他之後的所有西方世界作家均受莎翁影響，「他是正典核心，為文學設下標準與極限」。

這是我讀過最激情的評論，最熱血的告白。

你可能隱隱覺得不夠客觀；但是以愛為名，誰需要冷靜理智這些玩意兒？莎士比亞的崇拜者從來沒少過，知名劇場導演兼演員約瑟夫．格雷夫斯（Joseph Graves）在名為《痴迷莎士比亞》的創作劇本裡，藉由瘋狂莎學教授之口說出這樣的話：

年輕先生們……說得簡單點，學習莎士比亞的時候不允許——我再重複一遍——不允許上廁所。

《痴迷莎士比亞》，Joseph Graves著，書林出版。

可想而知，悲劇發生了。

其中一位年輕先生（英國某私校小一新生），在朗讀《庸人自擾》的過程中尿褲子，驚嚇之餘，手上的《莎士比亞全集》不偏不倚掉進尿堆，濺出尿花無數朵……

你可能隱隱覺得不安，這位「年輕先生」可別因此留下心靈陰影什麼。放心，他後來也愛上莎士比亞，成了莎劇演員，擔綱第一齣作品正是《庸人自擾》。

眼看著情況即將失控，結局卻出人意表，或者圓滿落幕，包藏殘酷，這樣的安排，正是莎士比亞的拿手好戲。

《莎士比亞喜劇故事精選》的五則故事都具備這樣的特質：陰錯陽差，追求真愛，各得其所；明明趣味橫生，卻冷不妨讓人心揪一下。

《仲夏夜之夢》愛情汁液讓天下大亂。

故事裡最經典的搞笑場景莫過於美麗仙后對著驢頭怪物甜言蜜語。仙后當時真的愛死驢頭怪物了，不過是因幾滴花露水而已啊……你說，這世上還有比「真心」更不牢靠的嗎？

《威尼斯商人》這是一篇讓人笑得膽戰心驚的故事。

故事裡有求取富貴的青年、為摯友作保不惜割肉犧牲的商人，還有聰明機智，見證丈夫友情至上的好姑娘，以及一位其實沒犯大錯，卻失去尊嚴、財產、親友的猶太富人。

後人在《威尼斯商人》讀到許多曖昧與難題，衍生出為猶太富人翻案、為友情與愛情辯證的戲劇與文章，益發豐富了莎士比亞作品的生命力。

《庸人自擾》耳根子超軟，判斷力超弱的幸運兒。

曾有評論者指出，莎士比亞的「不凡」全都表現在作品裡，本人一點也不特別，個性帶著一定程度的淡然與冷漠，也許正因為如此，更能看清人性的美好與醜陋、高尚與卑劣並存，幸與不幸往往只在一念之間，一線之隔。《庸人自擾》裡的兩位男主角的腦袋有時候不大清楚，愛情的滋生與破滅都操之在人，還好沒像另一個故事裡的《奧賽羅》，鬧到連命都沒了；於是，莽撞便帶著讓人安心的喜感。

《如你所願》遊走在假戲與真情間的情感。

飽受愛情折磨的奧蘭多眼力顯然不大靈光，不但看不出愛人羅莎琳女扮男裝，還接受「假男生」的建議，對他傾吐思念之苦，盼藉此療癒因為「真女生」而引發的傷痛……莎士比亞再一次上演假戲真情，真情假意的曖昧、混亂與趣味；也許這些遊走陰陽界的情緒，正是愛情的本質。

《錯中錯》人是假的，話是真的；人是真的，話是假的。

兩對雙胞胎的姻緣，透過陰錯陽差的故事每每指向一個終極問題——真情與假意，可能比想像中更複雜，也夠有趣；這個問題顯然莎士比亞四百年前就想過了，透過管家琪的改寫，你也可以開始想一想。

William Shakespeare

國家圖書館出版品預行編目資料

莎士比亞喜劇故事精選／管家琪改寫 -- 初版.
-- 臺北市：幼獅，2012.01
面；　公分. --（多寶槅；180）
ISBN 978-957-574-858-6（平裝）

873.4333　　100026500

多寶槅 180

莎士比亞喜劇故事精選

改　　寫=管家琪
封面繪圖=岳　宣
出 版 者=幼獅文化事業股份有限公司
發 行 人=李鍾桂
總 經 理=王華金
總 編 輯=劉淑華
主　　編=林泊瑜
編　　輯=朱燕翔
美術編輯=黃瑋琦
總 公 司=10045 台北市重慶南路 1 段 66-1 號 3 樓
電　　話=(02)2311-2832
傳　　真=(02)2311-5368
郵政劃撥=00033368

門市
●松江展示中心：(10422) 台北市松江路 219 號
電話：(02)2502-5858 轉 734 傳真：(02)2503-6601

印　　刷=祥新印刷股份有限公司
定　　價=299 元
港　　幣=100 元
初　　版=2012.12
二　　刷=2016.04
書　　號=987201

幼獅樂讀網
http://www.youth.com.tw
e-mail：customer@youth.com.tw
幼獅購物網
http://shopping.youth.com.tw

行政院新聞局核准登記證局版台業字第 0143 號

幼獅文化公司／讀者服務卡／

感謝您購買幼獅公司出版的好書！
為提升服務品質與出版更優質的圖書，敬請撥冗填寫後（免貼郵票）擲寄本公司，或傳真（傳真電話02-23115368），我們將參考您的意見、分享您的觀點，出版更多的好書。並不定期提供您相關書訊、活動、特惠專案等。謝謝！

基本資料

姓名：……………………先生／　小姐

婚姻狀況：□已婚 □未婚　職業：□學生 □公教 □上班族 □家管 □其他

出生：民國…………年…………月…………日

電話：（公）…………（宅）…………（手機）…………

e-mail：……………………

聯絡地址：……………………

1.您所購買的書名：**莎士比亞喜劇故事精選**

2.您通常以何種方式購書?：□1.書店買書 □2.網路購書 □3.傳真訂購 □4.郵局劃撥
（可複選）□5.幼獅門市 □6.團體訂購 □7.其他

3.您是否曾買過幼獅其他出版品：□是，□1.圖書 □2.幼獅文藝 □3.幼獅少年
□否

4.您從何處得知本書訊息：□1.師長介紹 □2.朋友介紹 □3.幼獅少年雜誌
（可複選）□4.幼獅文藝雜誌 □5.報章雜誌書評介紹…………報
□6.DM傳單、海報 □7.書店 □8.廣播(　　　　)
□9.電子報、edm □10.其他…………

5.您喜歡本書的原因：□1.作者 □2.書名 □3.內容 □4.封面設計 □5.其他

6.您不喜歡本書的原因：□1.作者 □2.書名 □3.內容 □4.封面設計 □5.其他

7.您希望得知的出版訊息：□1.青少年讀物 □2.兒童讀物 □3.親子叢書
□4.教師充電系列 □5.其他

8.您覺得本書的價格：□1.偏高 □2.合理 □3.偏低

9.讀完本書後您覺得：□1.很有收穫 □2.有收穫 □3.收穫不多 □4.沒收穫

10.敬請推薦親友，共同加入我們的閱讀計畫，我們將適時寄送相關書訊，以豐富書香與心靈的空間：

(1)姓名…………e-mail…………電話…………
(2)姓名…………e-mail…………電話…………
(3)姓名…………e-mail…………電話…………

11.您對本書或本公司的建議：

10045　台北市重慶南路一段66-1號3樓

幼獅文化事業股份有限公司

請沿虛線對折寄回

客服專線：02-23112832分機208　傳真：02-23115368

e-mail：customer@youth.com.tw

幼獅樂讀網http：//www.youth.com.tw